LEUR MARIÉE IMPÉTUEUSE

LA SÉRIE DU MÉNAGE BRIDGEWATER - 10

VANESSA VALE

Copyright © 2020 par Vanessa Vale

Ceci est une œuvre de fiction. Les noms, les personnages, les lieux et les événements sont les produits de l'imagination de l'auteur et utilisés de manière fictive. Toute ressemblance avec des personnes réelles, vivantes ou décédées, entreprises, sociétés, événements ou lieux ne serait qu'une pure coïncidence.

Tous droits réservés.

Aucune partie de ce livre ne peut être reproduite sous quelque forme ou par quelque moyen électronique ou mécanique que ce soit, y compris les systèmes de stockage et de recherche d'information, sans l'autorisation écrite de l'auteur, sauf pour l'utilisation de citations brèves dans une critique du livre.

Conception de la couverture : Bridger Media

Création graphique : Period Images; Deposit Photos: Krivosheevv

OBTENEZ UN LIVRE GRATUIT !

Abonnez-vous à ma liste de diffusion pour être le premier à connaître les nouveautés, les livres gratuits, les promotions et autres informations de l'auteur.

livresromance.com

1

RACE

« Tu es du mauvais côté de la loi, shérif. » La voix de mon père porta jusqu'à ma cachette, dix mètres plus haut, sur le promontoire. Sa voix était rauque et grave, chargée de mauvaises intentions alors qu'elle résonnait contre le roc. Ses vieux vêtements étaient tâchés. Il était sale, le soleil faisait couler des torrents de sueur le long de la poussière de son cou.

« Du mauvais côté d'une arme, » ajouta Travis qui se tenait à côté de lui en riant, avant de cracher le tabac jaunâtre de sa chique à ses pieds. Je n'avais pas besoin de me tenir plus près pour savoir qu'il empestait. Même si le torrent derrière la maison avait coulé au lieu d'être à sec à cette période de l'année, cela n'aurait rien changé. L'homme refusait tout bonnement de se laver.

Mon père rit, confiant que bien qu'ils aient été pourchassés par une petite troupe, c'était lui et mon frère qui agitaient leurs armes. Comme si c'était eux les serviteurs de la loi et non pas des membres du clan Grove qui venaient de dévaliser la banque de Simms.

Je m'approchai du bord de la falaise, cachée derrière les herbes hautes. En contrebas, je pouvais voir le coude puis le torrent, où mon père et Travis s'étaient cachés dans la forêt de peupliers qui bordait la rive, attendant que le shérif les rattrape pour le prendre en embuscade.

Les deux hommes de loi avaient été forcés de mettre pied à terre et maintenant leurs montures s'abreuvaient, loin de se douter que leurs cavaliers étaient en danger.

« On les tue, Travis, ou on leur tire dessus avant de laisser les vautours s'en charger ? »

C'est ce que ferait mon père. C'était un homme cruel qui tirerait sur un homme pour le laisser mourir lentement et se vider de son sang au milieu de nulle-part.

Quel dommage, cela dit. Les deux hommes qui avaient les mains en l'air, leurs armes jetées à leurs pieds, étaient de magnifiques spécimens qui méritaient de vivre. Qui méritaient que je m'attarde dessus et non que mon père leur fasse des trous dans la poitrine.

De mon point de vue, je voyais l'étoile argentée sur la large poitrine du shérif. Son chapeau protégeait ses yeux du soleil et je ne pouvais pas en discerner la couleur, mais il avait des cheveux sombres qui bouclaient sous son chapeau. Sa bouche formait une ligne fine, sa mâchoire carrée était serrée. Il ne semblait pas content. Bien qu'il soit vêtu d'une chemise confortable, chaque muscle de son corps semblait tendu. Il avait les mains de côté, ses longs doigts s'agitaient. C'était comme s'il était remonté comme une horloge et attendait son heure pour frapper. Si on ne le tenait pas en joue, sa taille et son poids ferait de lui un formidable adversaire. Je n'étais pas petite, plutôt grande pour une femme, mais j'estimais que j'arriverais à la hauteur de son nez à peine. Mon père et mon frère étaient de petits gabarits, et maigres. Seules leurs armes leur donnaient l'avantage dans ce face à face.

Regarder le shérif remua quelque chose en moi. Réveilla quelque chose. Je le vis d'un œil nouveau, celui d'une femme intéressée par un homme. Attirée même. Pourquoi lui ? Pourquoi maintenant ? Je n'avais jamais ressenti ce sentiment de désir auparavant. Mon cœur n'avait jamais raté de battement, pas plus que je n'avais eu le souffle coupé après un regard. Bien que je sois complètement femme—ma poitrine bien maintenue en était la preuve—je ne m'étais jamais comportée comme tel. Pas en ayant été la seule femme dans la famille. Je n'avais jamais pensé que j'en serais une... que je porterais des robes apprêtées, des corsets, des chapeaux, ou que je désirerais un homme.

Tous ceux que j'avais croisés s'étaient avérés méchants, désagréables et affreux.

Était-ce cet intérêt soudain qui me poussait à trouver l'homme qui se tenait à ses côtés tout aussi attirant ? Je n'avais jamais vu d'homme avec les cheveux roux auparavant. Il ne portait pas de chapeau et ses boucles auburn tombaient sur son front de manière négligée. Même à distance, je pouvais voir ses yeux verts, comme l'herbe sur laquelle j'étais allongée. Il ne semblait ni effrayé ni paniqué. Il semblait... furieux. Sa colère envers mon père et mon frère était évidente.

Je rampai encore un peu plus près du bord, l'herbe formait un coussin sous mon corps, et posai mon pistolet devant moi. Et continuai de les reluquer. Peut-être parce que j'avais l'habitude des menaces de mon père, je demeurai calme dans une situation aussi périlleuse et observai ce séduisant duo. Oh mon dieu. Ils étaient virils. Intenses. Imposants, même quand ils contemplaient le canon d'un revolver.

Mon père et Travis se sentaient virils quand ils tenaient leurs armes. Ils en avaient besoin pour se sentir puissants. Quant aux deux autres, ils transpiraient la virilité naturellement.

Le fait de savoir qu'ils pourchassaient les membres du clan Grove afin de les amener devant la justice ne faisaient que renforcer cette attraction. Ils n'étaient pas comme ma famille. Ils étaient mieux. Meilleurs. Et cela ne m'intriguait encore plus. Pour la première fois de ma vie, j'avais envie de courir me jeter dans les bras d'un homme. *De deux hommes.* Je voulais sentir leurs corps fermes, prendre leurs visages dans mes mains et sentir leur barbe râpeuse. Je voulais me sentir petite, féminine. Je voulais *ressentir*. Avec eux, je pourrais ressentir quelque chose. Mais ils ne resteraient pas passifs comme maintenant. Ils me prendraient comme ils voudraient.

Cette idée semblait si mauvaise... c'est ce que faisait mon père. Oh, pas de la même manière, mais il me prenait tout. Mon père et Travis me rendaient si malheureuse. Je cuisinais et nettoyais comme une servante. Comme une esclave plutôt, vu que je n'étais pas payée pour mes efforts. Quand mon père buvait, je me cachais, depuis que j'avais découvert qu'il aimait passer sa colère sur moi, quelle qu'en soit la cause. Travis ne m'avait jamais protégée, il s'était contenté de me dire que je le méritais. Que je n'étais qu'une femme inutile.

Leur contrôle sur moi avait constamment oscillé entre le bon et le mauvais côté de la loi. Je n'avais jamais commis aucun des crimes pour lesquels ma famille était connue, mais j'étais certainement coupable car j'étais leur complice.

J'aurais pu quérir le shérif en de nombreuses occasions et lui dire où allait se produire leur prochain braquage. Mais je ne l'avais jamais fait, pas une seule fois tant j'avais eu peur pour ma vie. Mon père n'était pas un tendre, c'était une brute.

Et ensuite, il avait découvert la seule manière pour une simple femme de se rendre utile. L'enfoiré.

C'est pourquoi je me tenais là en cet instant. Les hommes de loi n'étaient pas les seuls à être venu crier vengeance.

« Laisse tomber, Grove, » dit le shérif. Sa voix était aussi tranchante qu'un poignard.

Cela fit rire mon père et Travis ; ils pensaient manifestement être aux commandes en ce moment, avoir le pouvoir, qu'ils pourraient éteindre la vie de leurs victimes s'ils le désiraient.

« Tu n'es pas en position de me menacer, shérif, » dit Travis. « C'est nous qui tenons les armes. »

Mais ils n'étaient pas les seuls. Toujours baissée, je posai mon arme devant moi et visai. J'étais plus à l'aise avec ma carabine, mais le Colt que j'avais pris à Barton Finch ferait l'affaire. À y repenser, j'aurais dû le tuer avec. Stupide erreur de ma part que de lui avoir laissé la vie sauve vu ce qu'il manigançait. J'étais tellement en colère contre mon père que j'étais partie en coup de vent. Pour le traquer, ainsi que mon frère.

Cela faisait longtemps que je rêvais de tuer ce qui restait de ma famille. J'imaginais comment faire, le soir, allongée dans mon lit. J'avais hâte de me libérer d'eux. Mon père avait appris à tirer à mes frères et il s'était moqué de moi en me laissant m'entraîner avec eux, mais il n'avait probablement jamais imaginé que je retourne l'arme contre lui. Et que j'appuie sur la détente.

Ma haine envers eux m'avait envahie comme la gangrène.

Nous étions du même sang, et habitions le même taudis, mais je n'avais rien en commun avec eux. Mes pensées les plus sombres portaient toutes sur eux, et personne d'autre. Je ne voulais faire de mal à personne d'autre. Je ne les laisserais pas tuer deux innocents. Pas deux personnes qui remplissaient leur mission, celle de maintenir la paix. De rendre justice.

« C'est l'heure de rencontrer ton créateur, shérif, ». Mon père arma son pistolet.

Et moi aussi. Et je tirai la première.

La détonation fit sursauter le shérif, mais c'est mon père qui s'effondra sur le sol.

« Ça, c'est pour m'avoir vendue à Barton Finch, » murmurai-je, en regardant mon père se tortiller en appuyant les mains contre sa blessure à la cuisse, le sang s'écoulait entre ses doigts. Il criait de douleur, jurant, cherchant d'où avait pu venir le coup de feu.

Je saisis l'occasion, alors que Travis regardait vers mon père, confus, et rechargeai mon pistolet. Facile de viser, Travis était une cible immobile, bien plus large que les bouteilles de whisky vides sur lesquelles je m'entrainais. Feu.

Il tomba à l'endroit exact où il se trouvait.

« Et ça, Travis, c'est juste parce que t'es un connard. »

Le shérif et l'autre homme se baissèrent instinctivement mais foncèrent vers Travis et mon père pour leur prendre leurs armes afin qu'ils ne représentent plus un danger.

Je ne les avais pas tués, mais il était impossible qu'ils fassent du mal à qui que ce soit désormais. Mettre fin à leurs jours serait trop charitable pour eux, trop simple. Je leur avais tiré dessus comme ils avaient eu l'intention de le faire au shérif et à l'autre homme. Mais contrairement à ma famille, j'avais fait en sorte que leurs blessures ne soient pas mortelles, à condition qu'elles soient vites prises en charge. Nous étions à quelques kilomètres de Simms. Le shérif pouvait transporter leurs corps sanguinolents vers la ville où un médecin les soignerait, avant de les condamner à la corde. Ou alors il pouvait les laisser pourrir sur place. C'était son choix. Je considérerais que la justice serait rendue dans les deux cas.

Glissant les armes dans leurs pantalons, le shérif et l'autre homme ramassèrent les leurs et les pointèrent dans ma direction. Leurs regards balayèrent le parapet à la recherche du tireur. Moi.

Peut-être étais-je aussi cruelle que mon père car je souhaitais le faire souffrir ainsi que mon frère, mais après ce qu'il m'avait fait ? Après qu'il m'ait livrée à Barton Finch ce matin, il ne me restait aucune pitié. J'avais évité de me faire violer. De justesse. Je n'avais pas imaginé prendre ma revanche aussi vite. Mais c'était fait. Je me levai et ajustai mon chapeau, et regardai la scène une dernière fois, un sourire aux lèvres en voyant mon père et Travis se tordre de douleur. Putain, j'aurais dû achever Barton Finch quand j'en avais eu l'occasion, alors tout le clan des Grove serait soit mort, soit en route vers sa tombe.

Quand les deux hommes m'aperçurent, je les toisai un bref instant en me demandant comment ce serait de leur appartenir, sachant que cela n'arriverait jamais.

Deux hommes ne pouvaient pas désirer une femme, et je me comportais à peine comme tel. Je n'avais même pas de robe, et toujours une natte que je cachais sous mon chapeau. Et comme si cela n'était pas déjà assez repoussant, il y avait pire encore. J'étais une Grove.

2

*H*ANK

« Putain, c'était qui ? » dis-je en me dirigeant vers mon cheval avant d'en saisir les rênes. La sacoche dans laquelle ils avaient mis l'argent de leur larcin était au sol à côté d'eux et je la ramassai pour l'accrocher solidement à ma selle. Je ne voulais pas qu'il arrive quoi que ce soit à cet argent durement gagné—mais si facilement dérobé. Quant aux hommes...

Je ne transpirai pas. Mon cœur battait à tout rompre en réalisant que j'avais frôlé la mort de près. Ce n'était pas la première fois et certainement pas la dernière. Mais putain.

L'homme dont je parlais, ce devait être un adolescent, avait descendu le clan des Grove avec deux balles. Ils étaient en cavale depuis des années, semaient le chaos, aggravaient leurs forfaits par des meurtres. Nous avions failli ajouter nos noms à leur longue liste. Sauf que ce gamin nous avait sauvé et je voulais lui parler.

Cette bande de voleurs et de meurtriers avait tué mon père et je l'avais remplacé comme shérif par pure vengeance. Pour voir ces salauds derrière les barreaux. Puis pendus.

Et maintenant, une seule balle avait suffi pour en mettre deux hors d'état de nuire. Un seul était toujours recherché. Maintenant que je n'étais plus sous la menace d'une arme, je pouvais savourer le fait de savoir qu'ils allaient payer. Qu'ils seraient pendus par le cou avant d'aller en enfer. Je voulais les voir derrière les barreaux d'une cellule, mais pour l'instant la vision d'eux gisant au sol et se vidant de leur sang me suffisait. Ils n'iraient nulle part. Pas blessés comme ça. Qu'ils aillent au diable, je voulais retrouver ce gosse.

Il nous avait regardés et je m'étais figé, comme gelé par un blizzard de janvier. J'avais vu l'angle de ses joues, mais le reste de son visage était caché par l'ombre de son chapeau. Sa silhouette était menue sous son pantalon et sa chemise ample. Il avait l'air d'un tout jeune homme. Un jeune dégingandé.

« Aucune idée. Pas le dernier membre du clan en tout cas. Trop petit si on se base sur les témoignages. Tout ce que je sais, c'est que nous ne sommes pas morts, » répondit Charlie, en menant doucement l'animal à l'écart du torrent et en lui tapotant le museau avant de le monter sans peine. Je n'avais pas besoin de partager mes intentions, il savait que nous allions à la poursuite de cet enfant.

J'avais été secoué par ma réaction en l'apercevant en haut de la falaise. Ma queue avait bandé comme un poteau télégraphique. Peut-être une réaction instinctive avant la mort... mais j'avais déjà connu de pareilles situations sans que ma queue s'en mêle. Être shérif n'était pas le travail le plus sûr, le décès de mon père en était la preuve. À bien y repenser, je n'avais eu d'érection qu'en levant les yeux vers le promontoire, à la recherche de notre sauveur, pas avant.

Quand le coup avait retenti, j'avais retenu mon souffle, pensant avoir pris une balle. Mais elle n'était même pas venue de l'arme de Grove, mais de quelque part au-dessus de nous. L'endroit était parfait pour une embuscade, le chemin de pierre, le terrain ouvert permettant de prendre la fuite rapidement, les épais buissons. Nous avions été stupides de nous y aventurer mais nous ne pensions pas trouver des braqueurs de banque aussi près de la ville. La seule raison pour laquelle ils n'avaient pas pris place sur la falaise était qu'ils préféraient nous tuer en face. Il semblerait que quelqu'un d'autre ait investi cet endroit et nous ait sauvé les miches. Dieu merci.

« Hé ! Putain, vous allez nous laisser là ? » cria le vieux Grove d'une voix maintenant chargée de douleur plutôt que d'arrogance.

Je tins fermement les rênes de mon cheval et observai Marcus Grove, dégoulinant de sueur et grimaçant. Il avait la main sur sa cuisse et du sang s'écoulait toujours entre ses doigts. Quant à son fils, il gisait à quelques pas de là, les pieds dans le torrent. On lui avait tiré dans le ventre, en manquant les organes vitaux bien que du sang jaillisse sur le côté. Lui aussi respirait difficilement. Aucune chance que l'un ou l'autre ne puisse grimper sur leurs montures où qu'elles soient cachées. Ils finiraient par mourir sur place. Peut-être était-ce mieux finalement que d'attendre de se faire pendre. Des heures de souffrance.

Je n'avais que peu de compassion pour eux. Mon père avait passé la dernière année de sa vie à traquer ces criminels. Il serait préférable que je les tue d'une balle et que je laisse cette histoire derrière moi. Je ne savais pas si le gamin était bon tireur ou pas. Voulait-il tuer ou neutraliser ces deux enfoirés ? Avait-il entendu ce que le père Grove venait de proposer, de nous laisser en pâture aux vautours ? Était-ce une volte-face ou avait-il eu l'intention de les faire souffrir. Ou d'attendre qu'on leur passe la corde au cou ?

Qui était ce gosse et que faisait-il là ?

Je regardai les deux hommes qui avaient guidé chacune de mes actions depuis la mort de mon père. Qui m'avaient arraché à ma paisible vie de fermier. Ils me faisaient pitié. Le rebut de l'humanité. Et je décidai de les laisser à leur triste sort. C'était de la folie, je le savais, mais j'avais des affaires plus importantes à régler maintenant.

« Ne t'inquiète pas, nous vous enverrons de l'aide, » marmonnai-je en lançant mon cheval sans me retourner. Dieu m'enverrait peut-être en enfer pour cela, mais trop de gens avaient souffert à cause du clan Grove. Cela m'importait peu qu'ils souffrent ou saignent et je savais que Charlie s'en moquait également. J'avais beau être le shérif et œuvrer pour la justice, les voir ainsi comme des chiens enragés serait ma justice. Mon père les aurait abattus. Ironie du sort, c'est ainsi qu'il était mort.

« D'ici à demain matin, » ajouta Charlie sans un sourire. Son argent était—avait été—dans la banque de Simms. Avant de quitter l'Angleterre, il avait économisé sa solde de militaire et ajouté l'argent gagné dans les mines de cuivre de Butte pour devenir partiellement propriétaire. Il avait une petite fortune désormais, et il m'avait confié avoir travaillé dur toute sa vie pour cela. C'était important pour lui, pour se rassurer et savoir qu'il ne manquerait de rien. Qu'il survivrait. Nous habitions Bridgewater, dans une maison assez grande pour la famille que nous aurions un jour. Mais c'était notre objectif d'accroître nos terres, d'y élever du bétail. De diriger notre propre ranch. Une vie simple. Rien de plus.

Peut-être qu'au lieu de faire taire les Grove définitivement, j'aurais dû les charger à l'arrière de mon cheval et les emmener se faire rapiécer par le médecin. On les aurait jetés en cellule plus tard vu que le tribunal itinérant ne se réunissait pas avant quelques jours. On les déclarerait coupables, sans aucun doute. Mais ils pouvaient aussi attendre et mourir en se vidant de leur sang. J'avais mieux à faire et devais découvrir ce qui m'avait bander. Ce n'était pas normal pour moi.

Les grognements et les injures se perdirent au loin alors que nous remontions le torrent vers le nord, là où la falaise rejoignait la plaine. Coupant à travers l'eau, je suivis la direction qu'avait dû prendre le tireur. Pas d'arbres devant nous pour nous boucher la vue. Rien devant nous, uniquement la prairie à perte de vue. Il avait beau être svelte et en forme, il ne serait pas allé aussi loin sans cheval. Charlie fit le tour pour inspecter le promontoire où il s'était installé pour faire feu. Bien qu'il fasse chaud aujourd'hui, l'été avait été humide et l'herbe était encore verte. Impossible de ne pas remarquer les traces de pas laissées par le gamin.

« Elle est rapide, je le reconnais, » dit-il en chevauchant à bon train mais pas trop vite pour ne pas épuiser les chevaux.

Je remontai mon chapeau. « Elle ? » dis-je, étonné.

Il me regarda avec les sourcils froncés et sourit. « La femme qui nous a sauvé les miches. »

Une femme ?

Je soupirai, un soulagement plus fort encore que celui d'avoir échappé à la mort. « Oh, merci, mon dieu ! »

Il éclata de rire. « Pas possible ! Tu pensais que c'était un bonhomme n'est-ce pas ? »

« J'en avais la trique, » répondis-je en me remettant en place sur ma selle et me remémorant la scène où *elle* se tenait au-dessus de nous, arme à la main. « Tu as déjà vu une femme en pantalon ? Ce n'est pas normal pour une femme, même ici. Comme j'ai frôlé la mort, j'ai droit à un peu de clémence. »

Je sentis l'embarras me monter aux joues. C'était moi le shérif. Je pourchassais les bandits. Je sauvais des gens, pas le contraire. Si je ne pouvais plus faire la différence entre un homme et une femme, j'avais perdu une couille en chemin.

« Nous avons eu de la chance qu'elle soit là. » Il rit en se grattant le menton. « Je dois admettre que le pantalon m'a perturbé pendant un moment, mais sa silhouette... »

« Quelle silhouette ? » répliquai-je. Je ne me rappelai pas avoir vu des courbes féminines, pas plus que l'arrondi d'une paire de seins sous les vêtements d'homme trop larges. Et pourtant, j'en avais eu la trique. Et je l'avais toujours.

« Son long cou, la forme de son menton. Sa silhouette frêle. » Il regarda droit devant lui mais je savais qu'il l'avait dessinée dans sa tête. « Ma petite guerrière. »

Je notai qu'il avait dit *ma.*

« Une femme qui a eu les couilles de descendre deux hommes de sang-froid habillée comme un homme et qui n'a pas de courbes reconnaissables, » dis-je. C'était très inconfortable de chevaucher avec une érection. « Et pourquoi diable ai-je envie de la baiser à n'en plus pouvoir ? »

Il me regarda droit dans les yeux. « Parce qu'à la seconde où elle a tiré, pour sauver nos misérables petites fesses, elle est devenue mienne. »

Je retirai mon chapeau, et le posai sur mes genoux avant de m'essuyer le front avec ma manche. Je lui rendis un regard sombre.

« Nôtre, » rectifiai-je, en réalisant son erreur.

Je marquai une pause. « Tu ne penses pas qu'elle est avec eux, qu'elle s'est disputée avec les autres avant de décider de les abattre ? »

Charlie regarda au loin. Réfléchit. « Aucune chance. Les témoins ont dit que le troisième était un homme baraqué. Grand. »

J'acquiesçai. « C'est ce que je pensais aussi. Elle n'est pas avec eux, mais elle les détestait vraiment pour une raison que nous ne connaissons pas. Nous avons déjà quelque chose en commun. »

« Elle n'a rien d'une gente demoiselle, adepte des rubans et des petits nœuds, » ajouta-t-il. « Aucun de nous ne recherche cela chez une femme. Putain, si c'est ça que je voulais, je serais resté en Angleterre. Celle-ci est une furie et courageuse et pour ça... putain, je ne sais pas mais je ressens la même chose. J'ai hâte de la mettre nue et de découvrir son corps.

« Je n'ai jamais retiré de pantalon à qui que ce soit, » répliquai-je en remettant mon chapeau avant de pousser mon cheval.

Elle était un mystère. Une énigme. J'avais envie de tout savoir sur elle. Qui elle était. Ce qu'elle faisait sur la falaise. Pourquoi elle avait tiré sur les Grove. Pourquoi diable elle cachait le fait d'être une femme. Toute personne habillée comme elle voulait dissimuler son identité. Elle ne voulait pas être découverte, ou bien elle ne voulait pas être reconnue comme étant une femme.

« Ces vêtements d'homme étaient beaucoup trop grands. Je parie le contenu du sac qu'elle a plein de courbes cachées. Souviens-toi, si nous ne pouvons pas les voir, personne ne le peut. »

C'était vrai. Nous serions les seuls hommes à voir ce qui se cachait en-dessous. Et cela rendait ma queue encore plus impatiente, je savais qu'elle venait de sceller son destin. Elle nous appartenait.

Qui qu'elle soit.

Une petite cabane d'une pièce, si on pouvait la désigner ainsi, se profila au loin. Décrépie et dangereusement penchée, un coup de vent finirait par la faire tomber. Installée au bord d'un petit torrent—différent de celui où nous avions été piégés—cela m'étonnait qu'elle n'ait pas été emportée par la montée des eaux printanières. Il n'y avait que de la prairie autour, à perte de vue, la ville de Simms était à plusieurs kilomètres. Je ne vis pas d'écurie ou de place pour un animal. L'endroit était joli mais solitaire. Pour les petits animaux, peut-être, ou quelqu'un cherchant à s'abriter de la pluie… ou d'autre chose.

Je ralentis avant d'attacher nos chevaux à bonne distance. Pas de femme en vue, seulement un cheval occupé à paître. Tout était silencieux hormis le vent.

« La piste mène droit ici, » dit Charlie en désignant la bâtisse délabrée. Il mit pied à terre et tapota le col de sa monture avant de lâcher la bride pour le laisser brouter l'herbe tendre. « Si nous approchons, il nous faudra la prendre par surprise. Hors de question que je la laisse me tirer dessus. »

J'étais d'accord avec mon ami. Les seuls trous qui m'intéressaient dans un corps étaient les siens. Tous les trois, et nous allions les prendre un par un.

3

RACE

Je m'essuyai le front et repoussai derrière mon oreille une longue mèche échappée de ma natte. J'étais agitée. Énervée.

Plutôt que l'image de mon père et de Travis blessés et étendus au sol, ou même leurs cris de colère et de douleur, c'était celle des deux autres hommes qui ne voulaient pas quitter mon esprit. La silhouette charpentée du shérif aux cheveux sombres. La mâchoire carrée et le torse musclé du second. L'un comme l'autre faisaient palpiter mes instincts féminins et c'était la première fois. Je n'en avais même pas eu conscience. Jusqu'alors.

Ces images persistantes ne firent rien pour calmer la chaleur qui se diffusait en moi, et cela n'avait rien à voir avec le soleil. Je m'accroupis au bord du ruisseau, laissant pendre mes doigts dans l'eau fraiche, regardant flotter une feuille au gré des tourbillons du courant. Je me demandais si comme elle, je pourrais me laisser aller et voir où le courant me mènerait. Hors d'ici, hors de cette vie où j'étais enfermée.

Bien que je vienne de tirer sur ma famille—sans une once de remords—ils étaient le cadet de mes soucis. Le shérif devait les conduire en prison en ce moment même. Le docteur panserait leurs blessures et ils iraient bien, jusqu'à se retrouver pendus bien entendu. Mais Barton Finch...

Je serrai mes mains l'une contre l'autre avant de me pencher pour m'asperger d'eau glacée, comme si cela me laverait de ce qu'il avait fait. De ce qu'il avait l'intention de faire,

Il était toujours en cavale et non seulement c'était une personne mauvaise mais il était aussi en colère de s'être fait avoir par une simple femme, et il voudrait sa revanche. Je l'avais frappé dans les couilles et il s'était effondré sur le sol du taudis qui lui servait de maison. J'avais pris la fuite quand il s'était mis à vomir. Ce n'était pas le paiement qu'il espérait de ma part. Une fois remis, il foncerait à la maison. Il entendrait bien vite parler de l'arrestation du clan Grove. En guise d'argent, mon père lui avait donné... moi. Mon père lui avait dit que j'étais *une chatte vierge à conquérir*. Ce n'était pas le genre de prix qu'il allait refuser. Il viendrait me chercher. Pour prendre son dû.

Je n'en avais aucun doute. L'homme était encore plus impitoyable que mon père. Je détestais ma famille—assez pour les abattre de sang- froid—mais Barton Finch me terrifiait. Je ne pouvais pas rentrer à la cabane vu que c'était le premier endroit où il me chercherait. Pas que j'aie spécialement envie d'y retourner de toute façon. Pas du tout. Il n'y avait rien pour moi là-bas. Aucune valeur sentimentale. Cet abri, un lieu où j'étais venue dans le passé quand j'avais besoin d'être seule serait mon refuge le temps que j'étudie les options qui s'ouvraient à moi.

Je soupirai et sortis un mouchoir de ma poche de pantalon avant de le tremper dans l'eau et de le poser sur ma nuque. Défaisant un bouton de ma chemise, je le fis glisser à la naissance de mes seins. Le tissu ample remplissait sa tâche de dissimuler ma silhouette, mais il me donnait aussi chaude et je me sentais moite. J'allais retirer mes vêtements pour me plonger dans l'eau fraiche, puis me changer avec les vêtements que j'avais chargés dans ma sacoche, avec de la nourriture pour deux jours.

J'étais en sécurité ici, il n'y avait personne à des kilomètres à la ronde.

Du moins, c'est ce que je pensais.

Un bruit me fit tourner la tête. Je me levai brusquement en apercevant un homme. Ma main se porta à ma hanche, force de l'habitude, vers mon arme, mais elle n'y était pas.

« C'est ça que tu cherches ? » C'était le shérif qui tenait mon arme. Celle que j'avais dérobée à Barton Finch. Je l'avais déposée dans son holster sur un gros rocher.

D'un geste, il sortit de l'ombre de son chapeau et tourna la tête pour me regarder. Sa posture décontractée me laissa penser qu'il ne me tuerait pas, mais j'avais déjà vu des choses plus folles se produire. Ce fut la courbe pincée de ses lèvres, son air narquois qui me fit plisser les yeux.

Non, il n'avait pas l'intention de me tuer. Ses yeux étaient sombres comme une nuit sans lune et ne regardaient que moi. C'était le même regard qu'il m'avait lancé du bas de la falaise, mais d'aussi près, je ne pouvais manquer sa déconcertante intensité. Il n'était qu'à trois mètres de moi et je pouvais voir sa barbe de trois jours sur sa mâchoire carrée. Sa chemise bleu ciel collait à sa silhouette imposante, mettant en valeur la largeur de ses épaules. Avec ses manches relevées, je profitai de ses bras musclés. Son étoile brillant sur sa poitrine me rappela qui j'étais. La fille des derniers membres du clan Grove. Diable, pour lui je faisais partie de ce groupe qui avait écumé et décimé le Territoire du Montana. Lui-même avait été témoin du meurtre de deux personnes de sang-froid.

Il était bon et j'étais mauvaise. Complètement. Mauvais sang. Mauvaise lignée.

Mais que faisait-il là, à me regarder comme s'il avait l'intention de me capturer, mais pas pour me jeter en prison. Il était venu à moi pour une raison, il aurait déjà pu tirer, ou au moins me passer les menottes. Pourquoi ne l'avait-il pas fait ? Il aurait dû se charger de mon père et de Travis, mais ce n'était pas le cas. Les avaient-ils laissés là où ils étaient tombés ? J'avais volontairement évité de tirer mortellement, même s'ils finiraient par mourir s'ils restaient là. Et pourtant, le shérif ne les ramenait pas à Simms. Il était là. À me regarder, à m'étudier.

Difficile de ne pas remuer sur place pendant qu'il me détaillait. Avec des années d'expérience, je savais reconnaitre les intentions d'un homme. Mais cette fois-ci, je n'en pouvais plus.

« Qu'est-ce... qu'est-ce que vous me voulez ? » demandai-je finalement d'une voix douce et calme. Bien plus calme que mon cœur battant, mais je bafouillai tout de même. Zut.

Je soupirai quand le rouquin fit le tour de la cabane. J'aurais dû m'y attendre mais la beauté du shérif m'avait complètement distraite.

« *Nous* voulons te remercier, » dit le deuxième homme.

Mais ces mots me déconcertèrent, surtout prononcés avec cet accent inhabituel. Je fronçai les sourcils quand il s'avança, encore et encore... Je n'avais plus d'issue, de l'eau dans mon dos et deux hommes devant.

« Me remercier ? »

Je levai un pied, faisant mine de battre en retraite, mais je réalisai soudain que j'avais fait un pas dans l'eau.

Il sourit, et oh mon dieu, je jure que mon cœur manqua un battement. De près, il était grand, un centimètre ou deux de plus que le shérif. Il avait bien quelques kilos de plus également, mais tout en muscles dessinés. Son pantalon était noir de jais mais la coupe ne cachait en rien ses cuisses musclées, ses hanches étroites. « Je suppose que tu ne fais pas partie du groupe de ceux qui ont attaqué la banque et que tu ne souhaitais pas te tailler une plus grosse part ? »

J'écarquillai les yeux et le fixai un moment. Il avait pensé que j'étais l'un d'entre eux ? J'étais une Grove, mais je n'avais pas dévalisé la banque.

« Putain, non. »

« Tu nous as sauvé la vie, » poursuivi Hank. « Tu es un sacré bon tireur. »

« Je ne manque jamais ma cible, » répondis-je, me contentant de relater des faits. C'était un peu présomptueux mais vrai. « Si je vise, je fais mouche. »

Il médita mes paroles. « Je ferai en sorte de m'en souvenir. Quelques mots de remerciement étaient la moindre des choses que nous puissions faire. »

J'acquiesçai, essayant de ne pas me demander pourquoi mes tétons pointaient en entendant l'intonation rauque de sa voix.

« Et voilà qui est fait. » Je m'éclaircis la voix et regardai autour de moi avant de taper du pied dans un caillou. « Vous pouvez y aller. »

Ce sentiment, mon dieu, cette sensation était nouvelle. J'étais nerveuse. Pas au sens négatif comme si j'avais peur de faire trop de bruit en faisant la vaisselle et que mon père me donne une gifle. Pas au sens horrible comme quand Barton Finch m'avait plaquée contre un mur et que j'avais pu sentir chaque centimètre rembourré de son anatomie.

Le shérif secoua doucement la tête. « Comme a dit Charlie, c'est la *moindre* des choses que nous pouvons t'offrir, mais nous aimerions te proposer davantage. »

« Oh, » j'essuyai mes mains trempées contre mes cuisses.

Le regard du shérif se promena de ma bouche vers ma poitrine. En baissant les yeux, je vis que le premier bouton était défait, ouvrant ma chemise plus que de raison en société. Le tissu était couvert d'auréoles sombres, mais rien ne transparaissait à cause de mon épais tissu enroulé autour de ma poitrine. Peut-être se demandait-il *pourquoi* il ne pouvait rien apercevoir.

Il reposa le pistolet sur le rocher et s'approcha. Il n'était clairement pas inquiet que je lui tire dessus, peut-être parce que j'avais eu tout loisir de le faire auparavant, et que je ne l'avais pas fait.

Je relevai la tête quand il s'arrêta juste devant moi. Il ne dit pas un mot, se contenta de retirer mon chapeau. La natte que j'y avais remise tomba sur mes épaules.

« Hé ! » dis-je, en essayant de lui reprendre mon chapeau. Il le garda à distance. « Rends-le-moi. »

Plutôt que d'obéir, il le jeta au sol derrière lui. « Ta tenue est un sacré déguisement. Je suis ravi de découvrir que tu es une femme, » murmura-t-il. Il saisit l'arrière de ma natte et joua avec la queue terminée par un nœud en cuir qu'il observa subjugué.

« Oh ? » demandai-je en me léchant les lèvres. Il ne touchait que mes cheveux, et pourtant, je le *sentais*.

Un grognement retentit en lui et je levai les yeux.

« Je n'ai jamais été désireux d'embrasser un homme. »

Il voulait... m'embrasser ? La réponse devint évidente quand il s'avança encore plus, son corps pressé contre le mien et sa bouche planant au-dessus de la mienne, ses lèvres effleurant les miennes.

Il me sourit, ce qui le transforma totalement. Les lignes autour de ses yeux se creusèrent, le rendant... gentil. Cela révéla également son âge, il devait avoir une dizaine d'années de plus que mes dix-neuf ans.

« Tu as raison Charlie, » dit-il en se retirant à peine. « Les vêtements d'homme dissimulent ses courbes. »

Si je pouvais sentir chaque centimètre de lui, y compris —oups, la grosse bosse qui appuyait fort contre mon ventre, alors il pouvait lui aussi tout sentir de moi. Sentir mes courbes et savoir pour sûr que j'étais une femme. Tout ce que j'essayais de réduire, de dissimuler.

Il pencha la tête et fit ce qu'il désirait. Ses lèvres rencontrèrent les miennes et il les caressa doucement, tout en contradiction avec la rudesse de l'homme lui-même. Il sortit sa langue et la glissa contre ma lèvre inférieure.

Stupéfaite, je fis un pas en arrière, mon pied atterrit dans le torrent. Je perdis l'équilibre à cause du fond caillouteux. Mais au lieu de tomber à la renverse, je me retrouvai dans les bras du shérif qui m'attira contre lui. Il souriait.

La courbe diabolique de sa bouche attisa encore ma colère et je le repoussai. « Comment osez-vous ? »

Autant essayer de faire reculer dans un mur de briques, mais chaud au toucher et contre lequel je pouvais sentir les battements de son cœur. Il était réel, viril et fait de chair et de sang.

Pour autant, il était comme tous les autres, il profitait de la situation pour prendre ce qu'il voulait, peu importe ma propre volonté. Mais à peine avais-je esquissé cette pensée que je me ravisai. S'il était comme Barton Finch, il ne m'aurait pas embrassée, c'était trop personnel. Il m'aurait pelotée. Puis poussée sur l'herbe de la rive pour profiter de moi, permettant peut-être même à son ami de regarder.

Quant à ma volonté, il avait su. Peut-être que cela faisait de lui un bon shérif mais il pouvait lire en moi et comprendre que je le désirais, que je voulais sentir ses lèvres s'approcher aussi près de moi et être embrassée pour la première fois.

Je ne lui résistais pas parce que je lui en voulais.

Ou plutôt c'est à moi que j'en voulais.

Je faillis gémir en sentant sa chaleur, diffusée par sa grande main posée dans mon dos pour me serrer fort contre lui, en sentant ses doigts installés dangereusement sur mes hanches, débordant pratiquement sur mes fesses. Je faillis défaillir comme... comme une femme.

Il me rendait faible. Il m'avait... distraite.

« Comment osez-vous ? Mais qu'avons-nous fait, ma chérie ? » demanda-t-il.

Qu'avait-il fait ? Que pouvais-je bien lui répondre ? *Vous m'avez surprise ? Vous m'avez excitée ? J'ai aimé mon premier baiser et j'en ai encore envie... avec vous deux ?* « Vous m'avez interrompue... j'allais prendre un bain. »

Il regarda le torrent par-dessus mon épaule.

Il relâcha son étreinte si vivement que je faillis perdre l'équilibre pour de bon. Je me sentis seule et vide sans ses bras, bien qu'il soit toujours juste devant moi.

Doucement, il croisa les bras et me fit un clin d'œil. « Ne t'interromps pas pour nous. »

Son ami, le séduisant rouquin vint se placer à côté de lui. J'aurais pu les contourner, mais c'était comme si je faisais face à un mur de muscles.

« Je... je ne peux pas prendre un bain en votre présence ! »

Je tremblai à cette seule idée et continuai de masquer ma peur et ma confusion avec ma colère. Si je jouais les dures, peut-être qu'ils ne pourraient pas voir à travers la carapace que je m'efforçais de maintenir entre eux et moi. Même si je n'avais pas peur d'eux comme j'avais peur de Barton Finch ou de ma famille, mais j'étais terrorisée pour d'autres raisons. À tel point que je craignais qu'ils ne puissent lire jusque dans mon âme.

Le rouquin, celui que le shérif avait appelé Charlie, me tendit mon savon, la petite barre que j'avais posée sur le rocher à côté de mon arme. Alors que le shérif souriait ostensiblement, sa lèvre à lui s'agitait pour former un petit sourire. Il était tout autant amusé, mais pas aussi insistant. Il n'avait pas besoin d'ajouter de mots, le fait qu'il me tende mon savon suffisait. Ils ne m'empêcheraient pas de me baigner.

« Pourquoi pas ? Tu nous as vus quand nous étions vulnérables. Nous pouvons bien te regarder te baigner. »

« Je vous ai sauvés de ces hommes, » répliquai-je en posant mes mains sur mes hanches. Ils baissèrent les yeux en même temps.

« Et nous te sauverons de tout ce qui pourrait t'arriver en te lavant, » dit Charlie. Oui, il avait bien un accent, qui prouvait qu'il n'était pas du coin.

Je plissai les lèvres et les yeux. « Vous n'êtes pas des gentlemen. »

Ils secouèrent doucement la tête en ricanant.

« Nous n'avons jamais prétendu le contraire, » répondit le shérif.

L'autre pointa dans son dos avec son pouce. « Mais nous n'avons rien à voir avec le clan Grove. Nos intentions sont honorables. »

« J'ouvris grand la bouche avant d'éclater. « Honorables ?

Honorables ? Comment pouvez-vous prétendre être honorables si votre intention est de regarder une femme... une étrangère se laver dans un torrent ? Nue. » ajoutai-je pour être plus claire.

Ils semblèrent tous les deux perplexes. « Comment pourrais-tu te laver sinon ? »

Je roulais des yeux en criant. Je pris le savon dans sa main et me dirigeai vers le torrent. Cela ne signifiait pas pour autant que j'allais me baigner. Je ne pouvais juste plus supporter de voir le morceau de mon savon préféré dans la main d'un inconnu. C'était trop intime.

« Très bien. Je suis Charlie, et voici le shérif, Hank, » dit le rouquin en guise de présentations. « Nous ne sommes plus des étrangers désormais. »

Je tournai les talons pour leur faire à nouveau face et leur lançai un long regard d'exaspération. « Vous êtes des brutes ! »

Ce n'était vraiment pas le cas. Je connaissais de vraies brutes et ils en étaient très loin. Je ne savais pas quelle autre attitude adopter que la défensive. À grands coups de griffe, j'espérais les repousser. Il semblait plus sûr de les garder à distance, quitte à risquer qu'ils ne m'apprécient pas.

Le shérif porta la main à son chapeau et rit.

« Que me voulez-vous ? » demandai-je dans la plus totale confusion. Pourquoi n'étaient-ils pas furieux ? Pourquoi ne me traitaient-ils pas de putain ou de bonne à rien ? Bien qu'il m'ait embrassée, son geste était chargé d'intensité, mais sans aucune déviance. Sans agressivité.

« Découvrir la perfection qui se cache sous ces vilains vêtements d'homme ? » demanda Hank. « Au-delà, de te voir nue et ruisselante ? Voir tes mains frotter une barre de savon contre tes seins ? Voir ses longs cheveux détachés ? Apercevoir ta chatte et se demander si elle est mouillée pour nous ou juste à cause du torrent ? »

J'ouvris grand la bouche à ces mots. Sans colère. Sans objection. On ne m'avait jamais parlé de la sorte. Barton m'avait annoncé ce qu'il comptait me faire—*baiser chacun de mes trous jusqu'à ce que je sois devenue étirée et inutile*—mais cela n'avait rien à voir avec les paroles du shérif. Grâce aux siens, je me sentais ... désirée.

Leur manière à tous les deux de me regarder avec tant d'intensité et de chaleur me fit frissonner. J'eus envie de me mettre à nue pour les laisser regarder autant qu'il le voulait. D'une certaine manière, c'est moi qui les amenais à ressentir cela, et je me sentis étrangement puissante, comme jamais auparavant.

Charlie baissa la main sur la fermeture de son pantalon et... se remit en place. Quand il retira sa main, je ne pus résister à la tentation de regarder. Là. Sous son pantalon foncé, une bosse. Non, une très grosse et ostensible bosse qui avait la taille et la forme... d'un tuyau de plomb. Elle formait un angle vers sa ceinture et j'aurais juré qu'elle grossissait à mesure que je la regardais.

« Nous te désirons, dit-il finalement.

« Je ne suis pas à vendre, » répliquai-je en me léchant les lèvres. Je devais rester vigilante dans ma réserve, même si ces deux-là étaient si envahissants que j'avais le sentiment que le torrent commençait à gonfler et allait m'emporter. Plus tôt, Barton Finch, m'avait tripotée partout et m'avait donné l'impression d'être vulgaire. Sale. Inutile. Et maintenant, ces deux-là voulaient la même chose et je me sentais très différente. Pourquoi ? Je n'en avais aucune idée.

Ils promenèrent leurs regards sur moi.

« Oui, ça nous le voyons. Tu as fait tout ton possible pour

cacher que tu es une femme. Pourquoi donc ? » demanda-t-il en s'approchant de plus en plus.

« Cela ne vous regarde pas, » ajoutai-je. « Je vous ai sauvé la vie, vous m'avez remerciée. Maintenant, vous pouvez y aller. »

« Ton impertinence ne te mènera nulle part, mon amour, » dit Charlie. Si proche, je pouvais voir que ses sourcils étaient un ton plus foncé que la barbe qui se dessinait sur ses joues. Ses yeux étaient envoûtants, d'un vert émeraude. J'étais tellement habituée à lire le mal et la menace dans les yeux d'un homme. Avec lui, ce n'était que pur intérêt, pas de malice.

Le shérif grogna. « Elle te mènera droit à la fessée. »

Stupéfaite... et excitée, je me retournai avant de foncer vers lui pour le frapper sur le torse.

« Ça suffit ! Laissez-moi tranquille. » Je le frappai encore —sentant au passage à quel point il était musclé—avant de tendre la main vers l'Ouest. « Prenez vos chevaux et foutez le camp d'ici. »

J'avais l'habitude des colères de mon père qui faisaient palpiter ses veines. Je n'avais jamais élevé la voix contre lui de la sorte. J'avais appris dès mon plus jeune âge que son tempérament s'embrasait comme un feu de paille. Je ne l'avais jamais frappé en pleine poitrine. Je ne l'avais jamais énervé intentionnellement.

Mais le shérif... son expression restait la même. Il ne cilla même pas quand son bras s'enroula autour de ma taille et m'attira contre lui. J'haletai à son contact. Il tira l'arrière de mon pantalon, un de ceux de Travis, trop large autour de mes hanches, et il glissa le long de mes cuisses, malgré mes gémissements. Sa main libre vint s'abattre dessus dans un bruit sourd.

« Hé ! »

« Ce n'est pas un langage pour une dame, » dit-il d'une voix basse et calme. Il ne criait pas. Il n'était pas en colère. Il ne me parlait même pas avec agressivité. Je testai sa poigne et il ne bougea pas le moins du monde, ne me fit pas mal. Certes, mon derrière aurait dit le contraire, mais il ne m'avait pas frappé comme l'aurait fait mon père. C'était une remontrance d'un autre genre.

Suite à cette seule et unique action fulgurante, je me sentis à la fois stupéfaite et étonnamment excitée.

Peu importe, je ne vacillerais devant aucun d'entre eux. À travers mes dents serrées, je dis :

« Je pensais que le fait que je ne sois pas une dame était évident pour vous. »

Cela aurait dû les éconduire pour de bon. Aucun homme—ou hommes—ne voulait de moi. Ils voulaient une fleur délicate aimant rire, minauder, s'extasier sur un nouveau chapeau ou la couleur d'une nouvelle robe.

Il me fessa de nouveau. « Très bien, alors je ne te traiterais pas comme telle. » Il me prit dans ses bras comme une jeune mariée sur le seuil d'une porte. Mais au lieu de me porter à l'intérieur de la cabane pour me violer, ce qui avait été ma première pensée, il revint au bord du torrent et m'y laissa tomber sans cérémonie. Je criai et pestai de me retrouver soudain plongée dans l'eau froide et mon derrière déjà meurtri avait heurté le fond sablonneux. Je repliai les genoux devant moi, le haut de mon pantalon accroché à mes cuisses depuis qu'il l'avait descendu. L'eau n'était pas excessivement profonde, pas même à hauteur d'épaule, mais j'étais aussi trempée que furieuse.

« Tu avais besoin d'être refroidie, petit chat sauvage. » Il me regarda du haut de la rive et croisa les bras.

Je repoussai ma natte sur mon épaule, sentis les longs

filaments mouiller l'arrière de ma chemise et essayai de reprendre mon souffle.

« J'aurais mieux fait de les laisser vous tirer dessus, » dis-je, le souffle court, les poings serrés en les regardant. Arrogants.

« Et j'aurais dû mieux t'embrasser, » répliqua-t-il. « Cela t'aurait peut-être domptée un peu plus. »

4

HARLIE

« Me dompter ? » répéta-t-elle. « Comme si c'était possible, putain. »

Je n'avais aucun doute qu'elle avait ajouté la grossièreté par pure vengeance, et essayai de ne pas sourire.

« Cette bouche devrait être trop occupée pour de telles paroles, » ajoutai-je en regardant la femme trempée qui fulminait.

Putain qu'elle était belle. Fougueuse, confiante, piquante. Elle était la moins féminine des femmes que j'avais pu croiser, mais aussi la plus intrigante. Peut-être parce qu'elle n'avait aucune idée d'à quel point elle était féminine, sous ces bravades et son attitude masculine. L'absence de vice, son... innocence était délicieusement excitante.

Moi, Charlie Pine, de l'école pour enfants terribles de Meadowpark à Londres, Angleterre, je venais de trouver l'élue de mon cœur : une femme en pantalon qui vivait dans une cabane délabrée. J'avais grandi dans un putain d'orphelinat, toujours affamé, gelé en hiver, avec des vêtements usés, sans amour. J'avais envie d'avoir ma propre famille, mais je n'avais pas encore réussi. J'en avais toujours envie pourtant. Mais avec une femme en pantalon ? Putain, je m'étais toujours représenté une jeune fille douce en robe rose avec un petit nœud et des manières impeccables.

Et merde, voilà ce que désirait mon cœur, et ma queue. Une petite miss en pantalon dont le langage ferait pâlir les putains de la rade.

Ma queue criait de la conquérir et mes couilles bien lourdes et pleines ne rêvaient que de se vider en elle. Je voulais la sentir s'enrouler autour de ma queue et y déverser toute son énergie plutôt que de la gâcher à s'emporter.

Je voulais la conquérir pour toujours. Une idée folle. Ridicule, même. Nous ne connaissions même pas son nom. Ma queue ne semblait pas s'en soucier, pas plus que mon cœur.

J'étais en ville avec Hank quand la nouvelle de l'attaque de la banque était tombée. La banque qui abritait *mon argent*. L'argent que j'avais durement gagné dans les profondeurs d'une mine de cuivre de Butte, pour en arriver là où j'étais aujourd'hui. J'avais fait un travail pénible. J'étais parti de rien et je ne voulais pas de vêtements clinquants ou de beaux meubles. Je n'en avais que faire. Je voulais seulement avoir l'esprit tranquille et savoir que je ne manquerais plus jamais de rien. Que je ne me retrouverais plus sans chaussures ou sans manteau.

Certes, c'était le travail du shérif que de traduire ces enfoirés en justice. Six ans dans l'armée britannique pour laquelle j'avais servi dans le comté de Mohamir m'avaient enseigné comment débusquer l'ennemi. Il était hors de question que ces bâtards s'en sortent cette fois-ci. Et comme ils avaient sévi sur le territoire de Hank et qu'ils avaient tué son père, il n'aspirait qu'à prendre sa revanche. Cela m'avait surpris qu'il les laisse allongés sur le sol pour lui courir après. La vengeance semblait au cœur de chacun de ses gestes depuis sa mort. Et j'aurais imaginé qu'il se serait lancé dans la traque du dernier membre du groupe. Avec deux d'entre eux neutralisés, il en restait toujours un. Quelque part.

Ce n'était pas leur premier hold-up. Ils avaient frappé à Bozeman, puis Travis Point, Millerton, Riverdale et maintenant Simms. Ils avaient écumé la partie sud-ouest du territoire, dérobant de l'argent à des gens comme moi. Et en tuant des êtres chers sur leur passage, comme le père de Hank.

J'étais sûr que Hank serait le premier à admettre que nous avions été stupides de prendre le chemin en contrebas de la falaise comme des débutants. Je ne m'étais jamais imaginé que les Grove soient aussi près d'une ville, qu'ils attendent le dos tourné qu'on vienne les achever, comme des renards tournant autour d'un poulailler. À chaque fois, ils avaient pris la fuite pour se cacher sous le premier rocher qui leur servirait de maison. Mais cette embuscade était une nouvelle étape dans leur périple criminel. L'argent ne leur avait pas suffi, ils voulaient tuer davantage.

Ils n'avaient aucune conscience. Aucune morale. Il fallait les abattre sur place comme des chiens enragés.

Et pourtant, ce n'était pas nous qui avions tiré. Mais *elle*.

Elle nous avait sauvés... qui qu'elle soit. Elle visait juste, même à distance. Et putain, qu'est-ce qu'elle était belle. Je n'avais aucun doute que si elle l'avait décidé, ces deux-là serviraient de déjeuner aux vautours. À la place, elle avait fait en sorte qu'ils soient incapables de prendre la fuite. Ils n'avaient même pas pu se relever. Une blessure par balle, un tour en prison et enfin, la corde au cou était une fin bien tragique. Les connaissait-elle ? Les haïssait-elle au point de vouloir les faire souffrir. Ou bien était-elle occupée à cueillir des fleurs sauvages sur la falaise avant d'être témoin de l'embuscade ?

La dernière hypothèse était hautement improbable. Elle n'avait pas tiré au hasard. C'était du talent.

Nous aurions dû nous occuper des Grove et de leurs blessures, mais nous avions récupéré le fruit de leur larcin. Ils pouvaient souffrir un peu, comme ils l'avaient infligé aux autres. Cette femme était une énigme que je voulais résoudre. Merde, et plus encore. Un seul regard sur elle du bas de la falaise et j'avais décidé qu'elle nous appartiendrait. Hank et moi allions la conquérir ensemble. Il n'avait peut-être pas visité le Mohamir et découvert leur coutume qui consistait à ce que deux hommes prennent une même femme, mais il demeurait à Bridgewater et l'avait vu en personne avec d'autres couples. Kane et Ian avaient leur Emma. Mason et Brody leur Laurel.

Oui, Hank la voulait aussi. C'était une bonne chose, il était clair qu'il lui faudrait deux hommes pour la dompter.

Quant à ces membres du clan Grove, nous les ferions transporter... bientôt. D'après les avis de recherche, il s'agissait de Marcus et Travis Grove. Le troisième et dernier membre courait toujours. Nous l'aurions, mais pas aujourd'hui.

C'est elle qui nous aurions aujourd'hui. Et je ne la laisserais pas filer entre mes doigts. Ses cheveux, couleur noisette foncé ne formaient qu'une longue ligne dans son dos. Du genre qu'un homme voudrait attraper et tenir en la prenant par derrière. Un halo de boucles douces s'en était échappé et collait à sa peau trempée, reflétant la lumière du soleil en faisant miroiter des éclats rouges et dorés. J'avais repéré que c'était une femme alors même que j'étais en bas de la falaise, malgré son accoutrement immonde. Ma queue l'avait reconnue.

De près, la ligne de son cou était délicate, tout comme celles de ses sourcils. Ses lèvres, quand une grimace ne les déformaient pas, étaient pleines et d'une ravissante teinte rosée. Cela m'incita à me demander si d'autres parties de son corps étaient de la même couleur.

Mon regard tomba sur sa chemise, mouillée et transparente. Je devinai les contours d'un ventre pâle à travers l'eau claire, mais elle portait quelque chose sous la chemise pour couvrir ses seins, et ce n'était pas un corset. On ne pouvait pas distinguer le moindre relief de ses courbes. C'est le fait que ses tétons, qui devaient être durs comme le roc à cause de la température de l'eau, ne soient pas visibles qui me donna à penser que son corps était dissimulé sous autre chose qu'une chemise d'homme.

Et j'étais bien décidé à trouver quoi. Je voulais découvrir son corps tout entier. Si la plupart des femmes tenaient à cacher leur corps et leur vertu jusqu'au mariage, celle-ci poussait cela à l'extrême. Je doutais que ses raisons soient pieuses pour autant.

Alors pourquoi ?

Je me penchai vers elle et tendis la main. « Allez mon amour, sors de là. »

Elle me regarda, puis regarda ma main en réfléchissant. À juste titre, car bien que je souhaite la secourir de l'eau glacée, j'avais aussi envie de finir de lui enlever son pantalon, et tout ce qu'elle portait. Je voulais la voir nue.

Comme avait dit Hank, nous n'étions pas des gentlemen. Et après ce qui venait de se passer, je me rappelai que la vie était courte et que nous ferions mieux de prendre ce que nous voulions, de trouver du plaisir et de la joie là où cela était possible. Je savais qu'elle nous apporterait l'un comme l'autre, pas seulement pour un temps, mais pour le restant de nos jours.

Elle tendit la main—sachant qu'elle n'avait rien à craindre de nous—et je serrai ses doigts mouillés pour l'aider à remonter sur la rive, tandis qu'elle ruisselait. Sa main libre essayait de remonter son pantalon sur ses fesses, mais sans succès, trempée comme elle était. Malheureusement, impossible d'avoir plus qu'un aperçu de son petit cul clair, tant la chemise qu'elle portait—au diable celui qui lui avait fourni—était longue.

Je tendis la main pour l'aider mais elle repoussa toute assistance.

« Tu veux retourner dans l'eau ? » demanda Hank, elle arrêta de lutter contre moi et le fusilla du regard.

« Peu importe à quel point j'ai envie de te retirer ces vêtements, » dis-je en remontant son pantalon sur ses hanches larges. « Je te le remets. »

Elle me regarda à travers ses longs cils, manifestement inquiète. Surprise, même. « Pourquoi ? »

« Pourquoi ? » répétai-je. « Pourquoi je te le remets ou pourquoi j'ai envie de te le retirer ? »

Elle plissa les lèvres en réfléchissant. « Les deux, je dirais. »

« Parce que quand tu te mettras nue devant nous, nous voulons que tu sois excitée et impatiente, pas en colère. »

« Je... » Elle allait en dire plus mais elle s'abstint en fermant la bouche. Elle me regarda avec une pointe de confusion. Elle ne nous désirait pas... ou peut-être que si.

« Tu en as envie ? » demandai-je en la reluquant. Je ne la baiserais pas, mais je la pousserais jusqu'à découvrir à quel point elle était capricieuse.

Elle haleta et enroula ses mains autour de mon poignet, se dégageant par réflexe parce que je l'avais choquée. Un homme ne mettait pas sa main dans le pantalon d'une dame —mais ce n'était pas comme si d'autres femmes en portaient.

Mais à la seconde où je trouvais son intimité, dont les lèvres mouillées étaient glissantes et douces comme de la soie, elle haleta avant de se figer. Elle tenait toujours mon avant-bras, mais n'essayait plus de le repousser.

« Tu es excitée, » dis-je, en regardant l'expression surprise de son visage. Quand je trouvai son clitoris, tout dur et gonflé pour moi, ses joues rougirent et son regard s'adoucit. S'embua. Un petit gémissement jaillit de ses lèvres.

Je glissai un doigt en elle, elle était si serrée. Elle se dressa sur ses talons à cette approche, mais je ne pouvais pas aller plus loin que la première phalange tant elle était étroite.

« Quelques coups de doigt, et tu en auras envie. » Je me retirai et tournai tour de l'entrée de sa chatte qui débordait maintenant, avant de m'y replonger. Je la fixai en quête de la moindre de ses émotions : surprise, plaisir, découverte. Putain, elle était parfaite.

« Tu t'appelles comment ? » demandai-je, en caressant doucement son clitoris avec mon pouce tout en faisant des va-et-vient dans sa chatte avec mon doigt.

« Grace ! » cria-t-elle, en plissant les lèvres de la manière la plus charnelle qui soit à cause de cette caresse.

Grace.

Elle se tint tranquille dans les bras de Hank. Toute cette raideur et toute cette animosité s'étaient envolées dès les premières marques d'excitation. Son impertinence avait laissé place à des vagues d'excitation et elle n'exprimait plus que des cris de désir.

Elle était remarquablement réactive, si sensible que j'étais sûr que je pourrais l'emmener vers un orgasme en quelques secondes.

Mais peu importe à quel point ma queue se languissait de lui arracher son pantalon, de la jeter sur le sol pour conquérir sa petite chatte vierge, je ne le ferais pas.

Pas comme ça. Oh, elle en avait envie, mais seulement parce que c'était nouveau. Elle n'avait pas envie de *nous*. Putain, elle avait raison. Nous étions des étrangers et bien que nous sachions que nous la voulions pour toujours, elle n'en savait rien. Jusqu'au moment où elle nous supplierait de la remplir, nous nous abstiendrions de la prendre de cette manière-là. Cela ne signifiait pas que nous n'allions pas la garder, mais je m'interromprais. Pour le moment.

Je grognai intérieurement en retirant mon doigt de sa chatte, de son pantalon. Le portant à mon visage, je respirai l'odeur musquée avant de le nettoyer dans ma bouche, sous ses yeux.

Doux. Collant. Comme un fruit sauvage attendant d'être cueilli.

Et si nous devions nous en passer, alors elle aussi.

« Allons-y, ma chérie, » dit Hank, d'une voix que le désir avait rendue rauque. « Plus on rentre tôt à Bridgewater, plus on pourra prendre soin de cette petite chatte rapidement. »

Elle se raidit alors, se souvint de qui elle était, se souvint qu'elle nous haïssait.

« Hors de question. » Elle approcha la main de son pantalon, comme pour me montrer que je ne pourrais rien y changer. « Je reste. »

Ah, la petite miss défiante était de retour. Cela me prouvait seulement que de la caresser transformait le chat sauvage en un petit chaton. Nous ne devions pas abandonner.

Hank regarda en direction de la vieille baraque. « Ici ? Dans ce taudis ? Aucune chance, ma chérie. Tu vas venir avec nous. »

Aucune chance que nous la laissions ici. Non seulement la cabane menaçait de s'écrouler à chaque instant et je ne la laisserais pas vivre ici même pour une nuit. Elle méritait un matelas moelleux, de beaux vêtements et un repas chaud. Pas la nourriture infâme qu'elle avait dans sa sacoche et qui l'empêcherait tout juste de ne pas mourir de faim. Où trouverait-elle de quoi se nourrir ? Et où irait-elle s'il se mettait à pleuvoir ? À faire froid ? Hors de question que nous la laissions là.

Ses sourcils sombres remontèrent quand elle tourna les yeux vers lui. « Vous m'arrêtez ? Ce n'est pas moi qui essayais de vous tuer. C'est moi qui vous ai sauvés. »

« Nous ne t'arrêtons pas, » répliqua-t-il dans un soupir. Je savais à quoi il pensait. Nous venions de choisir comme femme la plus sauvage du Territoire. Elle était tout ce que j'avais toujours désiré, et je n'allais pas la laisser filer. Pas question. « Nous te ramenons à Bridgewater. »

Elle fronça les sourcils. « Et qu'est-ce que cela signifie ? »

« Tu ne le sais pas ? » demanda Hank.

Alors qu'elle allait continuait à vociférer on ne sait quoi, j'en eus assez. Je m'approchai d'elle et me penchai pour la jeter par-dessus mon épaule.

« Fais-moi descendre ! » cria-t-elle. Je souris en me dirigeant vers les chevaux et lui donnai une fessée.

« Tu nous appartiens, Grace, » lui dis-je en même temps qu'une autre fessée. Putain, ça faisait du bien. Non seulement la chaleur de son petit cul rebondi, mais aussi le fait de la fesser. « Une bouche pleine, une chatte mouillée et tout ce qui va avec. Tu vas être à nous. »

GRACE

Je n'avais jamais vu deux hommes aussi troublants. Ils m'agaçaient de manière épique, mais cela s'accompagnait d'une toute nouvelle excitation. Je ne comprenais pas. Je n'avais aucune idée de la manière dont je devais me comporter ou agir. Je ne savais pas ce que je devais faire avec eux, ce que je devais dire, surtout que Charlie avait pris la décision de me jeter sur son épaule et de m'emporter. Sans compter qu'il avait parlé de—et touché—ma chatte comme si je lui appartenais vraiment.

Mon père, Travis et même Barton Finch, étaient des hommes que je comprenais. L'égoïsme et la cupidité les animaient. La haine. Ils connaissaient la justice, mais à leurs yeux, elle n'était pas brillante comme l'étoile du shérif. Elle était ternie, et pour les faibles. J'avais été élevée dans cette perspective, et je me demandais comment j'avais pu ne pas finir comme eux. D'une certaine manière, j'avais appris à discerner le bien du mal quand j'y avais été confrontée.

Mais cela ne signifiait pas que j'y trouvais du sens. Et encore moins que je les comprenais.

Charlie m'avait reposée sur le sol devant mon cheval avant de me proposer de m'aider à monter dessus, ce que j'avais refusé d'un regard furibond. Cela n'avait provoqué chez lui qu'un sourire et un clin d'œil. Et je me sentais encore plus nue sans ma ceinture et mon arme, toutes deux entre les mains de Hank.

Peu après, nous partîmes vers Bridgewater, où que cela se trouve. Le soleil m'avait rapidement séchée, mais cela ne m'avait en rien rendu plus confortable. Que pouvais-je bien raconter à deux hommes que je venais de sauver d'une mort certaine, et qui m'avait fessée—et comme Charlie l'avait dit —baisée avec leur doigt ? Surtout que j'avais apprécié. Un homme... qui avait mis ses doigts... là. C'était incroyable. Comment n'y avais-je jamais pensé ? Mon dieu, qu'est-ce qui n'allait pas bien chez moi ?

Comme j'ignorais la réponse, je restai silencieuse le temps de traverser Simms et de remettre le sac d'argent à un des adjoints afin qu'il le restitue à la banque, et aussi d'en envoyer un autre récupérer mon père et Travis. J'étais ravie que cette tâche ne nous incombe pas. Charlie et Hank ne savaient pas que j'étais une Grove—ils m'auraient jetée en prison sinon—et je souhaitais garder le secret. Il était exclu que mon père et Travis ferment leur clapet sur mon identité, surtout que je leur avais tiré dessus.

Une fois sur mon cheval, j'avais pris le temps de réfléchir. Me disputer avec eux ne marcherait pas. Ils ne fléchiraient pas. Putain, ils semblaient même amusés. C'est moi qui avais atterri les fesses dans le torrent, et je ne voulais pas recommencer. Mais surtout, leur étrange intérêt pour me conquérir m'offrait une chose que je n'aurais pas à rechercher seule : un lieu sûr où m'abriter.

Le dernier endroit où Barton Finch viendrait chercher une fille Grove était encore dans les bras du shérif. Il serait stupide de ne serait-ce que s'approcher de la porte d'entrée du shérif et de demander à me voir.

Bien qu'il n'ait pas participé au braquage de ce matin—il avait l'intention de me mettre dans son lit, consentante ou pas—c'était un fugitif recherché par la justice pour d'autres crimes comme des meurtres ou des attaques de diligence.

J'étais la seule à pouvoir aider le shérif à l'attraper pour lui passer la corde au cou. Je savais où il habitait, mais il était exclu que j'y retourne. Je n'avais aucunement l'intention de m'approcher de cet homme. Le seul fait d'y penser me donnait la nausée.

Alors je passerais du temps avec Hank et Charlie. Ce ne serait pas une épreuve, loin de là.

Quant au reste de mon corps... je gémis sur ma selle, le désir cuisant que Charlie avait infusé en y passant sa main persistait. En fait, il s'était accentué.

Putain, j'étais dans de sales draps.

Nous avions chevauché dans une sorte de silence agréable, laissant les chevaux avancer à leur rythme alors que le soleil descendait doucement derrière les cimes des montagnes à l'ouest. Je me perdais délicieusement dans les sensations de ma chatte qui frottait contre le cuir dur de ma selle. Cela ne m'avait jamais autant affectée... Pas jusqu'à l'arrivée de ces deux-là. Jusqu'à ce que Charlie me touche. Maintenant... maintenant, je voulais rouler des hanches pour en ressentir davantage.

Je m'éclaircis la voix.

« Vous... vous ne vouliez pas arrêter ces hommes, les ramener en ville et les jeter en prison vous-mêmes ? »

Le shérif, qui chevauchait à mes côtés tourna la tête. Il releva son chapeau et m'observa. « J'ai obtenu ce que je voulais, aujourd'hui. »

Je fronçai les sourcils, incertaine quant au sens de ses mots. Parlait-il de moi ? Il avait dit qu'ils voulaient me conquérir, je ne savais pas ce que cela voulait dire. Ou bien étaient-il contents que j'aie tiré sur les deux hommes qui avait dévalisé la moitié du Territoire du Montana, ils seraient en prison ce soir peu importe qui les y aurait jetés ?

Il me rendait folle. Surtout maintenant qu'il n'essayait pas de m'énerver.

Le shérif m'avait fessée. Sur mes fesses nues, qui plus est. Et cela avait fait un mal de chien, mais la brûlure s'était transformée en feu, en chaleur. En une excitation aussi soudaine qu'étrange. En cet instant, j'avais détesté l'homme tout en ayant envie de sauter dans ses bras pour l'embrasser follement.

C'était la plus étrange des combinaisons. Ensuite, il m'avait jetée dans le torrent. Quel bâtard. Cela avait refroidi toute excitation que j'avais pu ressentir.

Ce n'est pas le shérif qui m'avait réchauffée après cela, mais Charlie, qui m'avait stupéfaite en mettant sa main dans mon pantalon. Barton Finch avait essayé de faire la même chose plus tôt dans la journée, mais il avait écopé d'un coup de genou dans les couilles.

Charlie m'avait fait gigoter et pratiquement gémir sur sa main. Barton n'avait pas mis son doigt en moi, heureusement, mais je doute que j'aurais ressenti la même chose qu'au moment où Charlie l'avait fait. C'était chaud, un feu brûlant et liquide. Un besoin fulgurant et dévorant m'avait donné envie de chevaucher son doigt comme un cheval en furie.

J'en avais perdu l'esprit.

Et quand il avait retiré son doigt de moi, il l'avait léché—léché !—j'avais complètement perdu la raison. Je voulais qu'il le remette ! Je désirais quelque chose qu'apparemment lui seul pouvait me donner. Je ne savais pas exactement ce que c'était, mais je voulais plus de ses gestes, et même plus de la fessée du shérif.

Putain, j'aimais leurs attentions, même si je ne les comprenais pas.

Je ferais profil bas à Bridgewater en attendant de décider

quoi faire avec Barton Finch. Je les laisserais peut-être même me toucher encore. Parce que si leur seul doigt me faisait monter au septième ciel, alors il fallait que je les laisse recommencer. Parce que les frottements répétés de ma selle ne suffisaient plus.

Plus d'une heure plus tard, nous étions arrivés dans une maison nichée au milieu des peupliers. Comparée à la cabane délabrée, cette maison était digne de celles des géants du cuivre. Elle avait deux étages, était en bois avec une cheminée en pierre. Elle était... charmante. Propre, fraichement repeinte d'un blanc éclatant. Il y avait des rideaux aux fenêtres. À côté de celle où je m'étais encore réveillée ce matin et où j'avais passé les dix-neuf dernières années, c'était... une maison. Un endroit pour des enfants—du genre qu'on désire vraiment avoir—pour grandir et s'épanouir.

Si je devais me cacher de Barton Finch, elle serait un endroit confortable pour ce faire. Il ne me retrouverait pas ici. Il n'y avait pas de lien entre Hank, Charlie et moi. Je ne les avais jamais rencontrés avant aujourd'hui. Cet endroit, Bridgewater, était éloigné de la ville et à l'opposé de la cabane de ma famille et de celle de Barton Finch. Je me sentais en sécurité ici. Je sentais que j'aurais pu y passer le reste de ma vie. Mais cette idée était ridicule. J'étais la femme en pantalon. Une femme qui jurait comme un charretier.

« Si tu es le shérif, pourquoi tu n'habites pas en ville ? » demandai-je en regardant la grande maison qui se dressait derrière l'homme qui venait de mettre pied à terre.

« Parce que je n'avais pas l'intention de devenir un homme de loi. Je suis fermier. »

Je me balançai pour descendre de l'animal avant de flatter son flanc transpirant.

« Mais les Grove ont tué mon père. »

J'haletai et tournai les talons, faisant tournoyer ma natte dans mon dos. Mon cœur battait jusque dans mes oreilles et j'eus du mal à entendre ce qu'il dit ensuite.

« Il était le précédent shérif, tué en faisant son devoir, alors j'ai endossé son rôle pour les mener devant la justice. » Il avait la mâchoire serrée, les yeux plissés et son corps tout entier semblait tendu alors qu'il ajustait sa selle.

Putain. *Putain.* L'hiver dernier, j'avais entendu mon père dire qu'ils avaient tiré sur un homme de loi, mais je ne savais pas qui. Je ne savais même pas qu'il était mort.

« Alors... » J'avais la gorge sèche et du mal à déglutir. Je clignai des yeux pour chasser les larmes qui étaient montées. « Je... je suis désolée pour ton père. Je comprends que tu les aies laissés en plan, mais... tu ne voulais pas t'assurer qu'ils finiraient derrière les barreaux ? Les voir pendus ? »

Charlie prit les rênes de mon cheval de mes doigts inertes. « Pas toi ? » demanda-t-il doucement.

Les deux mots étaient comme une arme chargée dirigée intentionnellement contre moi. Il voulait savoir pourquoi j'avais tiré. Je ne pouvais pas leur dire la vérité, que j'étais Grace Grove et ma famille avait tué le père de Hank. Ils me jetteraient soit en prison parce que j'avais été en quelque sorte leur complice ou me chasseraient de leur propriété. Alors je retournerais à la cabane délabrée en espérant éviter de croiser la route de Barton Finch.

Non. Je resterais ici aussi longtemps que possible.

« Ils allaient vous tuer, » répondis-je simplement.

C'était vrai. Si je ne les avais pas traqués après avoir échappé à Barton Finch, si je ne les avais pas retrouvés au bon moment, Hank et Charlie auraient été assassinés. J'avais eu ma chance ; j'avais eu tant de haine et j'avais utilisé les deux. J'avais sauvé deux hommes bons et rendu justice en tirant sur deux hommes mauvais. En tirant sur eux, j'avais obtenu justice pour *moi,* je réalisai que tant d'autres avaient été affectés par eux. Comme l'avait été Hank.

Je n'étais pas sûre que Charlie me croie, mais il n'insista pas. Je regardai Hank, attendant qu'il réponde à ma question. C'était une chose pour moi d'être ici avec eux, protégée de Barton Finch, mais mon père avait tué le sien. S'il savait...

« Ils auront ce qu'ils méritent. » Il retira son chapeau et me cloua sur place de son regard. « Et moi, c'est toi que j'aurai. »

5

RACE

« Je présume que tu as envie de prendre ce bain que nous t'avons refusé, » dit Hank en retirant son chapeau.

Je fixai les boucles sombres qui s'y étaient cachées jusqu'à présent. Bien que ses cheveux soient bouclés et tombent sur son front de manière presque négligée, ils n'étaient pas sauvages comme les miens. Ils étaient soyeux et je me demandais ce que cela ferait de passer mes doigts dedans. Je pouvais voir son front massif. Il avait la peau dorée par le soleil et de petites lignes au coin de ses yeux. Il semblait trop sérieux pour que ce soient des rides rieuses, mais il ne pouvait pas être aussi intense tout le temps, si ?

J'étais toujours focalisée sur ce qu'il venait de dire. *Et moi, c'est toi que j'aurai.* Qu'est-ce-que cela voulait dire ? Il ne me désirait pas. J'acquiesçai finalement, me rappelant qu'il attendait une réponse.

Je lui offris un sourire poli. « Oui, merci. »

« Alors nous allons mener les chevaux à l'écurie pour les brosser et les nourrir pendant que tu t'occupes de toi. »

Je regardai Smoky, mon cheval, la seule chose qui avait pour moi de la valeur et pour laquelle je m'inquiétais. Charlie lui tapota le cou et je fus soulagée de savoir qu'on prendrait bien soin de lui. Mon père et Travis n'auraient jamais fait de mal aux chevaux tant ils étaient paresseux. Mais cela ne signifiait pas non plus qu'ils leur offraient les meilleurs soins.

Je repris ma sacoche et la lançai par-dessus mon épaule. « Encore, merci. »

Charlie désigna la porte d'entrée. « Tu as tout ce qu'il faut à l'intérieur. »

Mon dieu qu'ils étaient gentils. Ils ne s'attendaient pas à ce que je leur fasse à manger, ou quoi que ce soit d'autre et ils prenaient soin de moi. Ils allaient s'atteler à la tâche de prendre soin des chevaux.

Je les regardai emmener les animaux et je pris le temps de détailler les deux hommes. Leurs larges épaules, leurs petits culs bien fermes, la courbe de leurs cuisses imposantes moulées dans leurs pantalons. D'une manière ou d'une autre, j'avais attiré leur attention. Certes, je savais comment, mais je n'étais pas sûre de savoir pourquoi. J'avais tiré sur deux hommes à leur place. Ce n'est pas comme si cela m'avait demandé un gros effort. Je leur avais dit que je ne ratais jamais ma cible. J'étais contente d'avoir été là pour eux. La seule pensée que mon père et Travis aient pu les tuer me fit jurer dans ma barbe.

Mon cœur souffrait de savoir qu'ils avaient tué le père de Hank. Je ne pouvais qu'imaginer quel genre d'hommes il avait été, respectueux de la loi et des gens, comme son fils. Je comprenais pourquoi avait Hank avait repris la quête de son père et capturé le clan Grove.

Je me sentais coupable d'être l'une d'entre eux. Je connaissais mon père et Travis. J'avais vécu avec eux. Je savais où trouver Barton Finch. Je savais comment le mettre hors d'état de nuire. Comment terminer le travail du shérif pour qu'il puisse passer la main à quelqu'un d'autre et redevenir fermier. Et j'allais lui cacher tout ça. Moi qu'il avait ramenée chez lui, qu'il laissait se laver en paix. Et je n'allais rien lui dire.

Si j'étais un homme, ils m'auraient payé une tournée de whisky au saloon. Mais j'étais une femme et ils avaient dit qu'ils allaient me conquérir. Et voilà que j'avais atterri à Bridgewater.

Je vis d'autres maisons au loin, une grange et quelques autres bâtiments. Tout cela leur appartenait-il ? N'était-ce qu'un seul et immense ranch ? J'étais seule et les réponses devraient attendre.

J'entrai. Les pièces étaient grandes et lumineuses, les murs peints du même blanc éclatant que l'extérieur. Du parquet luisant se trouvait sous mes pieds. Il y avait une large cheminée, éteinte pour le moment, dans l'une des pièces que je traversai. Elle était bien équipée, il y avait d'épais velours doux sous mes doigts lorsque je les frottais dessus. Tout était bien entretenu et impeccable.

Il était évident que Hank et Charlie n'étaient pas dans le besoin. Ce n'était pas la maison d'une famille pauvre. J'en savais quelque chose. Pas d'odeurs de nourriture rance, pas de vaisselle sale. La table de la cuisine était nettoyée et il n'y avait pas de rayures au sol. J'avais essayé d'entretenir ma maison, pour ne pas vivre dans la saleté et la misère, mais mon père et Travis rendaient cette tâche impossible. Je détestais être leur esclave et je nettoyais plus pour moi que pour eux. Je ne voulais pas vivre dans une porcherie. Même si je vivais avec des porcs.

Mais ce n'était plus le cas.

Je me sentais comme dans un rêve, un monde irréel.

Mais ça l'était pourtant.

Je regardai par la fenêtre par-dessus... ce qui semblait être une pompe à eau et un évier ? J'avais entendu qu'on pouvait avoir de l'eau à l'intérieur mais je n'en avais jamais vu. J'actionnai la poignée et de l'eau fraiche jaillit. Je me penchai en avant pour boire. En m'essuyant la bouche, je ris, la tête toujours sous l'eau.

À travers la fenêtre, je vis un torrent au loin. Je pris ma sacoche et en passant par la porte de derrière, je m'y rendis. Le terrain marquait une courbe et une petite vallée semblait se trouver le long de la rivière. Arrivée au bord, je fis face à un petit bassin naturel que de grosses pierres abritaient du courant. Le fond était sablonneux et je me demandai si Hank et Charlie venaient s'y baigner. Mon esprit dévia immédiatement sur une image des deux hommes retirant leurs vêtements pour s'asseoir à ma place. Nus, occupés à se laver. Je retirai mon chapeau, m'essuyai le front. J'avais toujours chaud et une étrange envie.

Charlie m'avait touchée tout à l'heure et non seulement j'étais encore stupéfaite, mais je devais admettre que j'avais envie qu'il recommence. Je savais à quoi cela pouvait mener à cause de l'indélicatesse des membres de ma famille. Mais je pensais que c'était seulement les queues en rut qui prenaient des femmes. Je ne savais rien des autres choses qui allaient avec. La partie impliquant la queue en rut ne présentait que peu d'attrait, mais ce que Charlie avait fait m'allait très bien.

Peut-être que le torrent rafraichirait mon corps et mes pensées, alors après un rapide regard pour vérifier que j'étais seule, je retirai mes vêtements d'homme et défis la bande de tissu qui entourait ma poitrine. Une fois nue, je regardai mon corps et constatai que mes tétons étaient durs. Je n'avais même pas encore mis un pied dans l'eau froide. Mais mes seins me semblaient lourds, tout comme mon entrejambe. Ils m'avaient fait quelque chose à l'extérieur de la cabane. Oh, ils m'avaient touchée, mais ils m'avaient aussi... jeté un sort. Je *voulais* qu'ils recommencent. Pourtant, je n'étais pas une femme ordinaire. Oh, j'avais des seins et des hanches et tout et tout, mais je n'étais pas féminine. Je ne savais pas flirter ou papillonner des paupières. Je ne minaudais pas, pas plus que je n'étais guindée. Ils seraient fous de me désirer moi, ils devaient avoir de nombreuses prétendantes en ville, avec des yeux de biche et de bonnes manières.

Agacée par cette idée, j'entrai dans l'eau. La fonte de neiges était passée et les torrents n'étaient plus froids comme la glace. Réchauffée par le soleil et l'eau tiède, je me sentis bien. Prenant garde aux rochers lisses, je me dirigeai vers le bassin et ses eaux calmes avant de sentir le sable sous mes pieds. Je m'y plongeai avant de défaire l'attache de ma natte et de laisser les mèches se démêler dans l'eau. Je soupirai quand mes cheveux se mirent à tourbillonner à la surface. Je m'allongeai et me laissai flotter, les yeux clos, détendue.

―――

« Je vais finir par croire que tu nourris une obsession pour les torrents. »

Je me retournai en entendant la voix de Hank, j'haletai pendant qu'ils s'approchaient de la rive, comme ils l'avaient fait tout à l'heure devant le ruisseau qui longeait la cabane.

Mêmes vêtements, mêmes regards intenses, même expression ravie de me prendre par surprise. Cette fois-ci, j'étais nue et Hank me fit un clin d'œil. Il était manifestement plus que content.

Je m'assis sur le fond sablonneux. De l'eau jusqu'aux seins, mais elle était si claire que je ne doutais pas qu'ils puissent tout voir. Je couvris ma poitrine de mon bras et relevai un genou, espérant ainsi me protéger autant que possible.

C'était moi qu'on avait surprise, vu que je n'avais pas entendu leurs pas s'approcher à cause du bruit de l'eau. Il ne semblait pas qu'ils aient l'intention de me tirer dessus. Ils ne portaient même pas leurs armes. À en juger par les étincelles dans leurs yeux, ils en étaient très loin.

« Et je vais finir par croire que vous avez pour obsession de me prendre par surprise, » ajoutai-je avec férocité. Je détestai être prise au dépourvu. Sursauter. Mon père et Travis adoraient me faire peur, cela les amusait à n'en plus finir.

Hank et Charlie sourirent, ce qui me donna envie de grogner contre eux. Ils semblaient bien s'amuser, bien qu'ils ne m'aient pas espionnée intentionnellement. Je ne les connaissais pas depuis longtemps mais je ne les pensais pas de ce genre-là. Ils n'étaient pas mauvais.

J'étais moins en colère contre eux que contre ma propre réponse. Ils n'essayaient même pas de paraître... attirants, et voilà que j'étais attirée par eux. Juste parce qu'ils se tenaient là, grands et forts. Et bien sûr, je repensai à ce qu'ils avaient fait avec moi plus tôt dans la journée.

Je ne nourrissais pas d'obsession pour les torrents, mais je commençais à en nourrir une pour ces deux hommes, et pour ce que leurs mains pouvaient faire. J'avais pensé que l'eau fraiche me calmerait, mais les regarder faisait tout le contraire.

« Il y a une baignoire en cuivre à l'intérieur, » dit Hank en pointant son pouce vers la maison.

Une baignoire en cuivre. À l'intérieur.

« Vraiment ? » demandai-je. « Je ne l'ai pas vue. »

« Elle est derrière le fourneau de la cuisine. C'est là qu'on les range habituellement. »

Vraiment ? Nous n'avions pas de baignoire et même si cela avait été le cas, je ne me serais pas vue me laver dedans. Je me serais sentie terriblement vulnérable et je n'aimais pas ça, surtout en présence de ma famille.

J'utilisai une simple bassine d'eau que je réchauffai sur le fourneau et un linge pour me laver rapidement dans ma chambre. Je ne me lavais les cheveux que lorsque j'avais un supplément d'eau chaude et que mon père et Travis n'étaient pas là. L'été, je me sauvais de la cabane pour me baigner dans le torrent.

Ce petit endroit sur leur propriété était déjà un luxe.

Mais une baignoire en cuivre ?

« Oh... eh bien, je ne suis pas accoutumée à tant... d'extravagance ? »

« En parlant d'extravagance, c'est nous qui ne sommes pas accoutumés à une fille comme toi, » commenta Charlie. Son regard croisa le mien, mais descendit plus bas. « Nue. »

« Tu as terminé, ma chérie ? » demanda Hank d'une voix qui avait perdu la tonalité tranchante à laquelle j'étais habituée.

J'acquiesçai, mais sans bouger.

« Sors donc, dans ce cas. »

« Pas en votre présence. »

« *Surtout* en notre présence, » répliqua Charlie. « Nous allons finir ce que nous avons commencé tout à l'heure. »

Hank hocha la tête. « Tu aimerais bien, n'est-ce-pas ? Que Charlie remette ses doigts sur ta chatte. »

« Ma bouche, cette fois, » rectifia l'intéressé.

Sa... bouche ? Là ? Pourquoi faire ?

« Je n'ai eu qu'un avant-goût tout à l'heure. Son parfum est resté sur ma langue depuis et j'en veux encore. Allez, mon amour. Donne-moi un peu plus de cette jolie petite chatte. »

J'hésitais entre être consternée ou excitée. Cela faisait des... heures que je les connaissais tous les deux et j'envisageais déjà, non seulement de les laisser me voir nue et aussi de laisser Charlie poser sa bouche entre mes cuisses. Ce ne serait pas comme avec Barton Finch, ils l'avaient déjà prouvé tout à l'heure. Ils voulaient me *donner* du plaisir, pas en prendre.

Pour autant, je devais le dire. « Ce n'est pas un gage pour que je reste ici avec vous. »

Charlie écarquilla les yeux et Hank plissa les siens, la mâchoire serrée. Ils prirent tous les deux une grande inspiration avant de répondre.

« J'hésite entre te donner une autre fessée pour avoir une si piètre image de nous, et te prendre dans mes bras pour te réconforter si quelqu'un a pu faire quoi que ce soit pour que tu penses de la sorte. » Hank passa sa main dans ses cheveux, les ébouriffant comme s'il sortait de son lit. « Putain, dis-moi qui t'a fait du mal et je lui réglerai son compte. »

Il irait régler son compte à Barton Finch pour moi ?

« Je vais te dévorer la chatte parce que j'en ai envie. J'ai envie de toi. » Charlie prit sa queue dans sa main à travers son pantalon.

« Tu vois ça ? C'est toi qui me fais ça. »

« Pourquoi moi ? Je vous ai dit que je n'avais rien d'une

dame. » Peut-être qu'il avait seulement envie d'un trou humide à fourrer, comme disait Travis. Mais si c'était le cas, ils m'auraient prise dans la cabane. Ils ne m'auraient pas ramenée chez eux pour ça.

« De mon point de vue, tu en es clairement une, » dit Hank me faisant resserrer les bras autour de mes genoux. Il attrapa le drap de bain que je n'avais pas remarqué dans ses mains et l'ouvrit grand pour que je vienne m'y glisser. « Remonte ma chérie. Nous ne te ferons pas de mal. Nous ne te ferons jamais de mal. »

Je les étudiai à nouveau, attendant patiemment. « Et si je ne voulais pas, que feriez-vous ? »

Hank plissa encore les yeux. S'il serrait les dents plus fort, ses dents du fond allaient se briser. Il lâcha le drap et tourna les talons pour faire face à la maison. Charlie me fit un clin d'œil avant de l'imiter.

Doucement, je me levai avant de sortir de l'eau, d'attraper la large serviette et de m'y enrouler aussi vite que possible. Je ne savais pas s'ils allaient se retourner et je voulais me couvrir au plus vite au cas où. Elle était grande mais n'offrait que peu de pudeur, surtout une fois qu'elle eut absorbé l'eau et fut collée à ma peau.

« Tu es couverte ? » demanda Hank.

« Oui, je... oui, mais—»

Ils se retournèrent.

«—mes vêtements sont toujours dans ma sacoche. »

Ils me regardèrent fixement. J'essayai de remuer et d'arranger la serviette pour me couvrir au mieux, mais c'était peine perdue.

6

 HARLIE

Dieu du ciel, elle allait me tuer avant la fin de la journée. Mais qui diable était cette femme ? Que faisait-elle sur la falaise ? Pourquoi avait-elle tiré sur les hommes du clan Grove ? Pourquoi portait-elle des vêtements d'homme alors que cette femme magnifique aurait été si belle en robe ?

« Pour chaque réponse à mes questions, puce, tu auras une récompense, » dis-je.

« Réponse ? » Le linge blanc couvrait de la naissance de ses seins jusqu'à mi-cuisse. Le tissu était transparent et ne cachait plus rien. Ses petits poings blanchis tenaient les deux extrémités mais cela ne parvenait pas à cacher la couleur de ses tétons, pas plus que la courbe de ses hanches, ses longues jambes. Ses cheveux trempés tombaient sur son épaule.

« À nos questions. »

J'étais impressionné que Hank n'ait pas été plus curieux

jusqu'à présent. C'était évident qu'elle nous cachait des choses, et pas seulement son corps superbe. Mais était-ce vraiment important ? Non, je la désirais peu importe son histoire. À sa manière de se comporter avec les hommes, elle n'en avait connu aucun. Elle n'était pas mariée. En fait, elle avait l'air de détester les hommes, comme si l'un d'eux avait été trop loin avec elle. À la manière dont elle avait réagi à mon doigt tout à l'heure, je pouvais dire qu'elle n'avait pas été violée. Dieu merci. Si quelqu'un lui avait du mal, nous irions lui régler son compte sur le champ. Plus personne ne lui ferait jamais de mal.

Je me mis à genoux devant elle. Surprise, elle recula d'un pas, mais je passai mon bras autour de sa cuisse. Sa peau était fraiche, douce et trempée, si douce. Quand je l'attrapai, je sentis ses muscles fermes sous mes doigts.

« Arrête ça, » dit-elle en me repoussant dans un premier temps, mais quand elle comprit qu'elle ne gagnerait pas, elle posa sa main libre sur l'arrière de la serviette de bain, pour s'assurer qu'elle ne se soulève pas. Je lui ôterai bien assez tôt.

Bien sûr, elle ne se doutait pas que la mettre à nue était à son avantage. Nous avions l'intention de lui donner le plaisir que nous lui avions refusé tout à l'heure. C'était opportun car nous étions de nouveau au bord d'une rivière. Un lit aurait été mieux, mais je la ferais jouir à l'extérieur tout aussi facilement. Et je n'allais pas perdre une seconde de plus pour la porter à l'intérieur de la maison.

« Des réponses, puce. Sinon, Hank te jettera à l'eau encore une fois, » avertis-je bien que je n'aie aucune intention de la laisser sortir de mon étreinte pour le moment.

« C'est lui qui m'a mouillée la première fois, » grommela-t-elle, en lançant un regard sombre à Hank.

Du coin de l'œil, je vis le petit sourire se dessiner sur ses lèvres en entendant ces mots. « Ma chérie, » commença-t-il. « J'espère bien, mais es-tu toujours mouillée après tout ce temps ? Je vais vite m'en rendre compte. »

À en juger par son air ébahi, elle n'avait pas saisi le double sens de ces paroles.

« Que faisais-tu sur la falaise tout à l'heure ? »

Elle se raidit à cette question et plissa les lèvres. « Je passais par là et j'ai vu les hommes pointer leurs armes sur vous. On peut difficilement ignorer l'étoile sur ta poitrine. » De la tête, elle indiqua le badge épinglé à la chemise de Hank. « Il fallait les arrêter. »

« Et tu as décidé de le faire. Tu es un bon tireur. »

« Je ne rate jamais. »

Elle avait répondu et il était temps d'avoir une récompense. Je me penchai et posai ma bouche sur un téton que je suçai, à travers le tissu détrempé.

Haletant, elle tira sur mes cheveux. Je n'étais pas sûr que ce soit à cause de la douleur ou pour me dégager ou pour me maintenir en place. « Mais qu'est-ce que tu... Oh mon dieu. »

Je souris avant de donner un petit coup de langue sur la petite baie et de me rassoir sur mes talons.

Elle me regarda avec de grands yeux, un peu perplexe.

« Personne ne t'a jamais touchée avant, n'est-ce-pas ? » demanda Hank.

Ce n'était pas ma question suivante, mais je voulais entendre sa réponse.

Elle secoua la tête. « Non. » Le mot était sorti dans un murmure. « Pourquoi... pourquoi fais-tu ça ? »

« C'est nous qui te remercions, » dit-il, ce qui ne fit qu'ajouter à sa propre confusion alors que j'approchai la main pour lui arracher la serviette des mains. Je la descendis à la hauteur de sa taille et l'accrochai à sa peau trempée. Elle était nue jusqu'aux hanches et ravissante. Merde, elle était magnifique.

« En me voyant nue ? » cria-t-elle en croisant les bras pour se couvrir. Doucement je lui fis descendre les deux mains que je tins sur ses côtés pour la regarder toute entière.

Elle était agitée, nerveuse même, mais elle ne se débattait pas comme une femme qui n'en aurait pas envie. Elle nous défiait, mais elle n'avait pas peur. Il n'y avait pas de panique mais seulement les vestiges de sa bravade. Elle en avait envie, sans savoir exactement de quoi.

« En te faisant jouir, » clarifiai-je.

« Jouir ? » questionna-t-elle.

Oh putain. Je la regardai et aperçus le petit V dessiné sur son front et ses lèvres plissées. Une ravissante teinte rosée envahit ses joues et j'essuyai une goutte d'eau roulant sur sa joue. Elle n'avait aucune idée de ce dont je parlais, ce qui signifiait qu'elle était vierge à tous points de vue. Comme si elle avait été enfermée au couvent plutôt que d'arpenter le Territoire du Montana.

Elle avait peut-être pour habitude de se baigner à la rivière, mais elle avait toujours été seule. Pourtant, c'était terminé. Nous allions tout voir d'elle. La toucher. L'embrasser. La lécher. La goûter. Et très bientôt, la baiser pour l'amadouer.

Je voulais lui poser d'autres questions, mais elles pouvaient attendre. J'avais une jeune femme aussi vierge que nue devant moi. Il était temps de découvrir ce qu'elle aimait, ce qui l'excitait. Ce qui lui ferait crier nos noms.

Je la regardai, et vis qu'elle me fixait en retour à travers ses cils sombres. Elle attendait. Respirait à peine. D'une main sur ses hanches, je repoussai le tissu gorgée d'eau jusqu'à ce qu'il tombe sur le sol à ses pieds.

Je ne pus m'empêcher de grogner en dévoilant sa chatte.

Bien qu'elle ait une touffe de poils sur le pubis, cela ne pouvait cacher les contours roses de sa chatte, la naissance de ses lèvres autour de sa petite perle rosée tout gonflée et désireuse. Des gouttelettes d'eau glissaient le long de ses cuisses mais je savais qu'elle glisserait de sa propre excitation.

« Charlie ! » cria-t-elle, en me regardant tour à tour avec Hank. J'aimais qu'elle crie mon nom, mais j'avais hâte qu'elle le crie d'une autre voix, quand elle serait à bout de souffle et hurlant de plaisir.

Hank s'approcha par derrière et passa son bras autour de sa taille, la maintenant fermement contre son torse, une main enveloppant un de ses seins rebondis. Elle tenta de résister, vu que c'est lui qui l'avait fessée auparavant et surtout car il l'avait jetée dans la rivière.

« Chut… laisse-le regarder, » lui murmura-t-il à l'oreille avant d'en embrasser la courbure délicate.

« Mais—» commença-t-elle.

« Nous ne te ferons pas de mal, mon amour, » dis-je, mes mains glissant le long de ses cuisses dans un geste rassurant. Je sentis ses muscles se raidir sous sa peau de velours. « Tu es en sécurité avec nous. Ton corps le sait déjà mais ton esprit résiste encore. »

« Je n'ai jamais—»

« Nous le savons, » dit Hank dont le nez se promenait sur la ligne de son cou. Elle ne se rendit même pas compte qu'elle avait penché la tête pour lui faciliter l'accès. Il repoussa ses cheveux mouillés de l'autre côté. Je regardai les gouttes d'eau qui en tombaient ruisseler le long de ses seins.

De la chair de poule apparut sur sa peau trempée et elle frissonna. Elle ne pouvait avoir froid, pas avec nos quatre mains sur elle et la chaleur du soleil. Mes mains étaient toujours sur ses cuisses, mes pouces vinrent se placer sur son intimité et jouèrent avec les contours de sa chatte. Elle haleta et se réfugia dans les bras de Hank. En la touchant et l'écartant, je vis sa plus profonde intimité tandis que Hank lui susurrait des mots d'encouragement, lui disant très clairement—et sans détour—ce que je faisais—tout en lui léchant et lui mordillant l'oreille.

Un gémissement jaillit d'entre ses lèvres.

« Tu es tellement belle, » dis-je avec honnêteté.

Elle était rose. Si jolie avec ses lèvres glissantes, son clitoris implorant que je le caresse. Et en dessous, sa chatte encore vierge qu'aucun homme n'avait encore vue, et encore moins baisée. Bien que j'y eus déjà introduit un doigt tout à l'heure au bord de l'autre torrent, ce n'était rien comparé à ce que je comptais lui faire. Cette fois-ci, ce ne serait pas qu'un seul doigt et même si les miens seraient les premiers, ceux de Hank seraient les derniers.

De la pointe du mien, je dessinai des cercles autour de l'entrée de son intimité. Si chaude et mouillée, glissante de son excitation pour nous.

« Oh mon dieu. » Elle s'arcbouta et haleta. Les parois de sa féminité vinrent embrasser le dessus de mon doigt comme si elles essayaient de l'aspirer. Je laissai la chaleur de son corps engloutir ma première phalange.

Hank mordillait ses seins, tirant et jouant avec la pointe durcie. Elle se mit à remuer et rouler des hanches, complètement désinhibée. Sauvage. Carrément parfaite.

Elle me regardait avec ses yeux sombres, il n'y avait aucune expression de colère cette fois-ci, seulement du désir. De la confusion. Un besoin.

« Je t'en prie, » murmura-t-elle.

J'avançai mon doigt un peu plus loin, ses fluides me facilitant le passage bien qu'elle soit tellement étroite. Il nous faudrait prendre le temps de la préparer pour nos queues pour ne pas lui faire mal.

« Je t'en prie quoi ? » demandai-je. « Je t'en prie, encore ton doigt dans ma chatte ou, je t'en prie, joue encore avec mes seins ? »

Putain, quelle image de sa poitrine, dont la peau était si claire que les veines bleues sous la surface étaient visibles. Ses tétons pointaient vers moi et les contours avaient de petits reliefs que je voulais goûter avec ma langue.

Je n'avais aucune idée des raisons qui la poussaient à les garder aussi serrés pour les cacher complètement, je ne comprenais pas. Peu importe ce qu'elle portait pour ce faire, elle n'était pas prête de le remettre. Hank et moi devrions débattre sur le fait qu'elle doive porter un corset. Elle était trop belle pour être confinée.

« Les deux, » supplia-t-elle et je souris. Je trouvai son clitoris et je lui fis rouler des hanches de la façon la plus charnelle qui soit. Oh, elle était tellement réactive.

Notre Grace.

Son corps était bien musclé, avec de longues jambes fuselées, des hanches larges et une taille fine qui ne nécessitait pas de corset. Et ses seins... j'aurais pu les contempler toute la journée, les regarder réagir aux gestes de mon ami. Elle n'était pas petite, quelques centimètres de moins que Hank, même pieds nus. Elle ne se casserait pas si nous la prenions un peu fort. Elle avait prouvé que son esprit était fort et je doutais qu'on ait besoin de mettre des gants. Non, il lui fallait deux hommes virils pour la dresser.

« Grace. » Hank murmura son nom en prenant sa poitrine dans ses mains comme pour en estimer le poids, avant de les pétrir. Les tétons déjà durcis qui s'en échappaient pointaient droit dans ma direction et j'en eus l'eau à la bouche à l'idée d'en prendre un entre mes lèvres, puis l'autre. De les suçoter délicatement jusqu'à ce que je sente les fluides de sa chatte déborder sur ma main.

Je retirai mes mains d'elle avant de me lever. Nous allions la faire jouir rapidement, quelques caresses de mon doigt et elle exploserait comme une charge de TNT dans une mine d'argent. Nous la voulions excitée et qu'elle implore pour un plaisir qu'elle ne comprenait même pas. Nous voulions qu'elle soit à notre merci, qu'elle nous désire avec tout ce que nous pouvions lui donner. Alors seulement, nous la laisserions jouir.

Je devais l'embrasser. La *sentir* contre moi. Hank qui la tenait si fort la relâcha et je posai ma bouche sur elle. Elle haleta et ma langue profita de l'occasion pour trouver la sienne, pour l'explorer et la découvrir.

Elle gémit contre mes lèvres et se hissa sur la pointe des pieds, deux signes qui indiquaient que Hank avait déplacé sa main pour caresser sa chatte par derrière.

Je posai mes propres mains entre eux deux et les utilisai pour lui caresser les seins. Cela ne prit pas longtemps avant qu'elle gémisse et gigote sous nos attentions. Elle retira sa bouche de la mienne, et se posa sur l'épaule de Hank en fermant les yeux. Je regardai son visage changer tandis que nous la menions vers l'orgasme, mes doigts tirant sur ses tétons pendant que Hank stimulait sa chatte et son clitoris de la bonne manière.

Il la souleva quand elle jouit en poussant un cri, la bouche ouverte, la peau rougissant de ses joues jusque dans son cou et sur ses seins. Elle était si belle et si passionnée.

Quand ses jambes cédèrent, Hank la prit dans ses bras et la déposa sur le sol dans l'herbe tendre. Je n'attendis pas qu'elle s'en remette, je me laissai tomber devant elle et posai ma bouche sur sa chatte.

Son parfum me brûla la langue et j'en lapai tous les

fluides. Elle débordait, son excitation rendant glissantes ses cuisses, sa chatte et même les reliefs serrés de son petit cul.

Je ne pus m'empêcher de sourire tout en passant ma langue sur ce petit endroit tabou. Oh, il recevrait bientôt plus que ma langue. Bientôt ce seraient nos doigts et nos grosses queues qui viendraient s'y insérer.

C'est ce dernier coup de langue qui lui fit ouvrir les yeux. Elle se redressa sur ses coudes et regarda son corps nu, les jambes bien écartées.

« Mais qu'est-ce que tu fais ? » demanda-t-elle d'une voix rauque et le souffle court.

Elle était étalée sur le sol, nue, baignée dans la lumière du soleil, avec un homme entre ses cuisses écartées, mais cela lui posait problème que je la lèche là ?

« Je te fais jouir de nouveau. »

« Avec ta bouche ? » demanda-t-elle stupéfaite.

J'essuyai ma bouche toute mouillée du revers de ma main.

« Rallonge-toi puce, et tu auras ce que tu mérites. »

« Mais... là ? »

Mes mains saisirent son ravissant petit cul et ce fut facile de poser mon pouce sur son petit trou indompté. « Tu veux dire, là ? »

« Oui, là. Ce n'est pas ... tu ne devrais pas —»

« Oh que si, crois-moi. Tu vas adorer. »

Baissant la tête, je passai la pointe de ma langue sur son clitoris tout en gardant mes yeux dans les siens. Je recommençai et elle ferma les siens. Une fois de plus et elle se laissa retomber dans l'herbe, elle avait abandonné.

Je roulai des hanches sur le sol dur, essayant de soulager son envie. Sa chatte était mouillée, ouverte et gourmande d'une bonne queue. Elle serait tellement étroite, complètement vierge. J'en avais envie.

Jetant un coup d'œil à Hank qui nous regardait, debout, je sus que ce n'était pas le moment. Nous allions la rassasier de tellement d'orgasmes qu'elle ne saurait plus se passer de nous. Nous allions la baiser, mais pas sans lui passer la bague au doigt. Il était clair qu'un connard lui avait fait du mal. Mais nous n'étions pas comme lui. Pas comme ça. Nous lui donnerions du plaisir, mais nous ne prendrions le nôtre que quand elle nous appartiendrait. Nous ne prendrions pas sa chatte avant cela.

Mais je pouvais lécher tout le miel qui en coulait pendant qu'elle criait mon nom. Et je ne me fis pas prier. De son clitoris à son cul, je l'emmenai au bord du plaisir avant de m'arrêter. Encore et encore jusqu'à ce qu'elle ne sache plus qui elle était.

« Tu aimes que je joue avec ton petit cul, n'est-ce pas, puce ? »

« Charlie, je t'en prie ! » cria-t-elle, les mains empêtrées dans mes cheveux et essayant de remettre mon visage entre ses cuisses.

Je ris.

« Dis-le ! »

« J'aime ça ! »

« C'est bien, tu peux jouir maintenant. »

Un dernier coup de langue sur son clitoris et elle cria, débordant sur mon menton. Si elle réagissait comme ça avec ma langue, je doutais qu'elle survive à ce que ma queue rêvait de lui faire. Ou encore quand nous la prendrions tous les deux ensemble.

7

RACE

« S'ils t'ont ramenée ici, c'est qu'ils t'ont conquise, » dit Emma avec un sourire en coin. C'était une belle femme avec des cheveux noirs et des yeux bleu clair que la couleur de sa robe mettait davantage en valeur.

J'interrompis le pliage des serviettes, ce que je n'avais jamais fait de ma vie. La tâche me semblait stupide vu que chacun allait la déplier sur ses genoux de toute manière, mais j'avais vécu avec deux hommes ayant des manières de chien sauvage. Peut-être qu'après un coup d'œil à ma tenue empruntée à Travis, une chemise et un pantalon, elle en avait déduit qu'il fallait me confier une simple tâche. Je cuisinais bien cela dit, vu que c'était le rôle qui m'incombait, mais mon père et Travis n'avaient jamais mérité qu'on plie leur serviette.

Je la regardai de l'autre bout de la table. Elle coupait des fraises afin de garnir un saladier pour le dessert. Elle avait autour d'elles plusieurs habitantes de Bridgewater : Ann, Laurel et Olivia, qui étaient occupés à la préparation du déjeuner. L'odeur de poulet rôti me donnait l'eau à la bouche.

Après le torrent, j'avais sorti mes vêtements propres de ma sacoche, un pantalon et une chemise volés à Travis, mais pas le tissu que j'enroulais autour de ma poitrine. Hank et Charlie n'avaient jeté qu'un coup d'œil à la bande de vieux tissu et avaient refusé. Nous avions marché dix minutes vers une autre maison, celle d'Emma. J'avais rencontré ses maris —oui, elle en avait deux, Kane et Ian—et les maris de l'autre femme. Ils étaient sortis avec leurs enfants, un mélange de bambins plus ou moins autonomes, pour jouer dehors.

Dans l'heure suivant notre arrivée, nous avions préparé le dîner, j'en avais appris pas mal sur Bridgewater. Ce n'était pas seulement le ranch de Hank et Charlie, mais celui de tous, chacun travaillant pour la communauté. Les terres qu'ils possédaient en tant que groupe étaient vastes, et s'étendaient encore. Tout comme les familles. Chaque femme ayant deux hommes, sans compter Olivia qui en avait trois, rien d'étonnant qu'ils aient de nombreux enfants. Ils avaient découvert cette coutume dans une lointaine contrée appelée Mohamir. Je n'avais jamais quitté le Territoire du Montana et n'en avais jamais entendu parler. Mais la plupart des hommes avaient été des militaires qui y avaient été déployés, y compris Charlie. C'est pour ça qu'il avait ce curieux accent. Il était originaire de l'Angleterre, comme Keane et quelques autres : Mason et Brody, ainsi que Rhys et Simon.

Mais que m'arrivait-il ? Ce matin, on m'avait déposée chez Barton Finch en guise de paiement. Je me souvenais de ses mains baladeuses et de son souffle fétide. Je savais reconnaitre de vrais hommes, à la façon dont ils traitaient les femmes. Oh, Charlie et Hank étaient audacieux, et prenaient certaines libertés avec moi. Mais bien que je me sois montrée réticente, ils avaient mon consentement. Mais pas Barton Finch.

Depuis, j'avais tiré sur ma propre famille pour les livrer à la justice. J'étais dans un endroit étrange avec des gens qui semblaient... gentils. Je parlais à des femmes qui me traitaient comme une amie—une situation étrange— on discutait des deux hommes qui n'avaient pas seulement dit m'avoir conquise, mais aussi touchée de manière charnelle, et de manière à me donner un incroyable plaisir.

Je ne savais rien sur Charlie. Ni sur Hank d'ailleurs. Et pourtant, ils m'avaient vue nue. Ils m'avaient touchée nue. Putain, Charlie avait sa tête entre mes cuisses et sa bouche—

Je fermai les yeux. Ils me donnaient l'impression de s'intéresser vraiment à moi. J'étais peut-être naïve de voir les choses comme ça, sachant que les hommes pouvaient agir faussement dans un seul but. Et je n'avais aucun doute que Hank et Charlie poursuivaient ce même but, mais ils ne m'avaient pas baisée. Ils en avaient parlé. J'avais vu leurs queues appuyer sur le devant de leurs pantalons, mais ils n'avaient même pas essayé. Ils m'avaient touchée. Donné du plaisir sans en prendre.

Cela n'avait aucun sens. Je m'éclaircis la voix, réalisant qu'Emma attendait une réaction à son commentaire. « C'est un mot qu'ils ont utilisé. Conquise. »

Elles se mirent à sourire toutes les quatre comme si c'était une bonne chose, d'être conquise.

Elles étaient polies et aimables. Elles étaient mariées. Avaient des enfants. Portaient des robes. Elles devaient se demander comment une femme habillée en homme avaient pu ravir les cœurs de deux hommes séduisants comme Hank et Charlie.

Ann rit, ce qui attira mon attention vers elle. Elle tenait un presse-purée et maintenait fermement un saladier fumant. « Les hommes de Bridgewater sont une espèce dominante. Quand ils voient une femme qu'ils désirent, ils la prennent. »

« Alors pourquoi n'utilisent-ils pas le terme approprié ? Je veux dire, on dit bien baiser, non ? »

Elles me regardèrent avec de grands yeux, puis Emma secoua la tête. « Eh bien, c'est une chose de baiser, mais il y a plus encore, bien plus. »

« Plus que de baiser ? »

Je pensais à la manière dont ils m'avaient *prise* tous les deux au bord du torrent. Il n'y avait pas eu de baise. J'avais été la seule à être nue.

« Oh, avec ce regard sur ton visage je peux dire que c'est déjà fait, » ajouta Laurel dans un éclat de rire. J'imaginais que j'avais les joues rouges tant elles me semblaient brûlantes.

« Non, ils ne m'ont pas... je veux dire... pas ça. »

« Baisée ? » demanda Emma. Ses cheveux noirs étaient coiffés en un chignon bancal au-dessus de sa tête, elle repoussa une mèche de son front.

J'acquiesçai.

« Ce n'est pas parce que j'ai l'air guindée et propre sur moi que je n'emploie pas ce mot, ou ne connais sa signification, » répondit-elle en posant le saladier sur la table à côté d'elle. « J'ai deux maris. »

« Et moi, j'en ai trois, » dit Olivia. « Fais-moi confiance, je sais tout ce qu'il faut savoir sur les queues et la baise. »

« Oui, mais Hank et Charlie ne sont pas mes maris, »

répliquai-je, en évitant de penser à la manière dont Olivia prenait les queues de ses trois maris en même temps.

« Pas encore, » ajouta Laurel en passant derrière moi pour poser une marmite de petits pois sur le fourneau.

« Ils sont honorables. Ils ne prendront pas ta virginité avant que tu sois mariée. Tout le reste... c'est pour te montrer leur désir. Ils ont dû vouloir te donner un avant-goût de ce que cela sera avec leurs queues en toi, » suggéra Emma. C'était comme si elle parlait de la dernière mode en matière de chapeaux, et pas de baise.

« J'ai épousé Robert et Andrew le jour de notre rencontre, » dit Ann.

« Je me suis réveillée nue dans le lit de Mason et Brody une matin après qu'ils m'aient secourue dans un blizzard, » confia Laurel, manifestement pour me montrer que je n'étais pas la seule à avoir été touchée de manière charnelle par les hommes juste après les avoir rencontrés. « Bien que nous n'ayons pas baisé avant d'être mariés, ils se sont caressés avant de jouir sur moi. Pour me marquer. »

Je posai mes mains sur le dessus des serviettes. Leur pliage pouvait attendre. Mais pas d'entendre toutes ces histoires de femmes. Je n'étais pas aussi sauvage que je le pensais. Je n'étais ni brisée, ni folle, ni une catin. Elles me mettaient à l'aise, un petit peu.

« On m'a sauvée d'une vente de vierges aux enchères, j'ai épousé Kane et Ian dans la foulée et nous avons baisé dans l'heure, » dit Emma. « Qu'est-ce qu'ils t'ont fait, Grace ? Cela ne peut être que quelque chose que nous n'avons vu, pratiqué, ou désiré. »

Je les regardai tour à tour, toutes impatientes de savoir. « Ils m'ont touchée. »

« La chatte ? » demanda Olivia. « C'est si bon. »

« Le cul ? » ajouta Laurel. « Je n'aurais jamais pensé aimer ça... mais c'est le cas. » Elle sourit d'un air diabolique.

Je secouai la tête.

Emma fronça les sourcils. « Ils ne t'ont pas touchée ? »

Je déglutis, pris une grande inspiration. Je n'avais pas l'habitude de partager mes pensées et encore moins mes sentiments. Et sur ce sujet, jamais. « Ils m'ont touchée et Charlie a mis sa bouche sur moi, entre mes cuisses. »

Elles soupirèrent toutes les quatre.

« Mais... »

« Oui ? » demanda Laurel. Ses yeux bleus brillaient de désir.

« Il a mis sa langue juste-là. Là où c'est si bon. »

Elles se mirent à crier et à battre des mains ensemble. « Oh, si tu as aimé ça, attends qu'ils t'ouvrent avec un gode ou leur queue. »

« Là ? » demandai-je, stupéfaite.

Elles hochèrent toutes la tête. Je me trémoussai en envisageant cette possibilité, avant de me figer, réalisant que je devais être folle de désirer quelque chose de si... glauque. Et pourtant, Laurel avait dit que Mason et Brody l'avaient prise par... par derrière ? Et que diable était un gode ?

« Mais nous ne sommes pas mariés, » répondis-je. « Ce n'est certainement pas convenable. » Je n'étais venue à Bridgewater que pour échapper à Barton Finch. Pour me cacher. Et ces femmes me parlaient de baiser avec des godes et de se faire couvrir de sperme.

« Tu es conquise, » clarifia Emma dans un signe de tête décisif. « C'est pareil. Ils te gardent. Quant à être convenable... Elle regarda la chemise que je portais. « Tu ne sembles pas du genre à t'inquiéter de ce qui est *convenable*. »

J'en ouvris grand la bouche. « Ils me gardent ? »

L'idée fit battre mon cœur. On me *désirait*. Vraiment, si

Hank et Charlie voulaient me garder, cela n'avait aucun sens. Tout se passait si vite, en moins d'une journée. Je ne voulais même pas penser à leur réaction quand ils découvriraient qui j'étais vraiment. Mais je n'étais pas comme ma famille. Certes, j'en partageais le nom, mais je n'avais pas dévalisé de banques. Je n'avais pas tué, ni fait de mal. Je voulais qu'un homme me conquiert, me prenne ou m'épouse. Mais je n'avais jamais pensé avoir deux hommes jusqu'à maintenant. Et pourtant l'idée me séduisait. Avec eux, je ressentais des choses que je n'avais jamais ressenties. Pas seulement le plaisir qu'ils avaient arraché à mon corps, mais la sécurité, le réconfort. Je me sentais chérie. Désirée.

« Regarde-moi ! Comme tu l'as dit, je n'ai pas l'air très féminine. Je n'ai même pas une robe à moi. »

Laurel sourit et vint me tapoter l'épaule. « Si Charlie a léché ton petit trou indompté, alors c'est qu'il t'a vue telle que tu es sous tes vêtements. Crois-moi, ils préfèrent tous leurs femmes sans vêtements. Ils nous garderaient nues tout le temps s'ils le pouvaient. »

Les autres femmes acquiescèrent.

Je les fixai avec de grands yeux. D'une certaine manière, c'était tellement plus que ce que j'avais imaginé. Je n'aurais jamais imaginé parler de choses aussi... sombres et intimes avec un groupe de dames. Un passage de la Bible ou peut-être une recette de tarte aux pêches. Mais de se faire lécher à cet endroit ?

Hank et Charlie étaient tellement plus que ce que j'imaginais. Je ne voulais pas être coincée avec deux hommes autoritaires. Je venais juste d'en descendre deux. « Je les ai rencontrés plus tôt dans la journée. Ils ne pourraient quand même pas—»

« Nous ne pourrions pas quoi ? » demanda Hank, en entrant par la porte de derrière. Il tenait un petit garçon dans ses bras. D'environ trois ans, il semblait très fier d'être porté. Je remarquai ensuite qu'il avait l'étoile argentée de Hank accroché sur sa petite chemise.

« Le shéwif m'a nommé ajoint ! » dit-il en souriant jusqu'aux oreilles.

Après une caresse sur sa tête bouclée, Hank reposa le petit garçon. Celui-ci courut vers sa mère Ann, qui l'embrassa sur le dessus de la tête. Manifestement ravi de ce geste affectueux, il retourna vers la porte.

Charlie était entré lui aussi, mais il s'écarta du chemin du garçonnet et sourit quand il passa en trombe à côté de lui. J'en eus le cœur serré de voir ces deux-là avec l'enfant. Aucun des deux n'avait de cheveux blonds, mais je les imaginais avec un enfant à eux. Un enfant aux cheveux foncés de Hank, ou roux comme Charlie. Ils lui apprendraient à tirer, à attraper des grenouilles, à protéger leurs petites sœurs... putain, je rêvais trop fort. Oui, ils étaient des hommes bons. Je le savais. Je le sentais. Ils feraient de bons pères. Ils ne ressembleraient en rien au mien.

« Que pourrions décemment ne pas vouloir, ma chérie ? » demanda-t-il encore ; il n'avait pas oublié sa question.

« Vous ne pouvez décemment pas avoir envie de m'épouser. »

Hank plissa les yeux et me regarda fixement, la mâchoire serrée. Charlie croisa les bras. « Et pourquoi pas ? »

S'ensuivit un éclat de rire. « Regarde-moi. » J'agitai la main en direction des autres femmes. « Regardez-les. Pourquoi êtes-vous aussi bornés à ce sujet ? »

« Et toi donc ? » répliqua Charlie. « Nous n'allons pas t'épouser pour ton pantalon. En outre, tu ne le portais pas au bord du torrent. »

Je rougis intensément, même si je venais de raconter ce qui s'y était passé.

Il sourit et me fit un clin d'œil.

« Nous t'avons conquise, » expliqua Hank calmement, comme si cela suffisait à tout expliquer.

« Tu vois, » demanda Emma.

Je ne la regardai pas, gardant les yeux rivés sur Hank.

« Oui, mais je suis juste avec vous ici et—»

Charlie arqua un sourcil. « Juste ici pour quoi ? »

Enfer et damnation. Je ne pouvais pas leur dire la vérité. « Je viens... je viens à peine de vous rencontrer et vous me parlez de mariage. Ce n'est pas comme si Charlie m'avait laissé le choix quand il m'a jetée sur son épaule, » grommelai-je.

Les femmes ricanèrent, pas surprises outre-mesure par leur impétuosité. Je me demandai combien d'entre elles avaient été portées ainsi comme un sac de pommes de terre par leurs hommes.

Hank sourit et vint se placer à côté de moi. Il était tellement grand que je dus pencher la tête pour le regarder dans les yeux. Son regard sur moi était si différent de tout à l'heure, ses traits étaient adoucis. Oh, et sa mâchoire était toujours carrée et tendue, son front toujours proéminent, mais c'étaient ses yeux qui reflétaient maintenant de la... chaleur. Cela me radoucit un petit peu. « Ma chérie, tu en as aussi envie. »

Je fronçai les sourcils, laissant disparaitre cette douceur. Je n'étais pas du genre à me laisser faire, je répliquai.

« Je vous ai rencontrés ce matin. »

« Oui, mais tu nous désires suffisamment pour avoir écarté les jambes et laissé Charlie te lécher la chatte. J'y ai mis mon doigt également et senti ta virginité que nous prendrons plus tard. Tu n'aurais pas laissé n'importe qui faire une chose pareille. »

Je balbutiai, stupéfaite qu'il prononce de telles paroles devant les autres femmes. « Non, bien sûr que non. »

« Tu ne laisserais que tes maris agir ainsi, » poursuivit-il.

Les femmes gardèrent le silence, mais elles souriaient.

« Oui, mais— »

Hank me lança son sourire diabolique.

Je le fixai. Les yeux grands ouverts. Comment mon mariage était-il devenu un sujet de discussion. « Je ne vous épouserai pas. »

Je resterai à Bridgewater jusqu'à ce que je trouve un moyen de me débarrasser de Barton Finch. Ce que j'avais fait avec Hank et Charlie ne signifiait pas que je les désirais pour toujours. Ou bien ? Le fait que mon corps réponde aussi intensément... cela ne pouvait pas signifier... ou plutôt qu'est-ce que cela signifiait ?

« Nous allons organiser un concours de tir, » proposa-t-il. « Toi, moi. Charlie. Si l'un de nous deux gagne, tu nous épouses. »

Je me levai et reculai d'un pas. J'arpentai la pièce. Pour la première fois de ma vie, j'avais envie de pleurer. Pas à cause d'eux, mais à cause de moi. « Je suis surprise que vous m'ayez touchée tout à l'heure. »

Je tournai la tête pour les regarder tous les deux. Ils fronçaient les sourcils.

« Et pourquoi ça, mon amour ? » demanda Charlie avec la douceur de son accent.

« Parce que vous ne pouvez pas être attirés par moi. Regardez-moi. » Je désignai mon pantalon, puis ma chemise. Les vêtements de mon frère. Les vêtements d'un homme qui avait nourri le projet de les tuer tous les deux.

« Vous ne m'avez même pas demandée en mariage, vous en avez fait une gageure. »

« Tu veux que nous mettions un genou à terre. » demanda Hank ?

Je roulai des yeux et agitai les mains. « Je ne sais pas ! Je ne comprends simplement pas pourquoi c'est *moi* que vous voulez ! »

Les hommes regardèrent par-dessus mon épaule, et je vis les autres dames tranquillement quitter la pièce. Une fois seuls, Hank s'approcha de moi, prit mon menton dans sa main et caressa ma joue avec son pouce. Le geste était intime et doux et je ne pus m'empêcher de pencher la tête pour apprécier cette caresse.

« Ce n'est pas parce que tu nous as sauvé la vie, » dit Hank.

« Ce n'est pas parce que ta chatte est aussi douce que le miel, » ajouta Charlie. Hank tourna la tête pour le regarder. « Quoi ? Je ne l'épouse peut-être pas pour ça, mais cela ne me dérangera pas de la goûter chaque jour du reste de ma vie. »

Hank hocha la tête, incrédule, mais il n'argumenta pas.

« Nous voulons t'épouser parce que nous le savons depuis l'instant où nous t'avons vue sur cette falaise, ton arme fumante à la main, » dit Hank.

« Ma queue le savait. Tu ne pouvais être qu'une femme, malgré ton pantalon et tout le reste. »

« Nous te désirons parce que tu n'es ni apprêtée ni guindée, » ajouta Charlie. « Nous te voulons parce que tu es un peu sauvage. Indomptée. »

« C'est pour ça que tu m'as fessée la première fois, » rappelai-je.

« Je t'ai fessée parce que tu jures comme un charretier. » Il s'interrompit. « Parfois, il n'y a pas d'explication au fait qu'un homme désire une femme. C'est l'Élue. C'est comme un .... Coup de foudre. »

Un coup de foudre. De tout ce qu'ils avaient dit, c'était encore la chose la plus sensée. C'était complètement ridicule, mais tout autant que ce que je commençais à ressentir pour ces deux-là dans un délai aussi court. Je n'arrivais pas à croire en mes propres réactions alors que mes premiers sentiments envers ces deux hommes n'avaient été que haine et colère.

Charlie me prit la main, la porta à sa bouche et en embrassa le revers. Ce geste doux fit palpiter mes tétons. Son regard vert était intense. « Nous ne savons pas grand-chose les uns des autres, mais le temps résoudra cette carence. J'ai grandi dans un orphelinat à Londres. C'était pire que tout ce que tu peux imaginer. Je me suis enfui en m'engageant dans l'armée. J'y ai trouvé une sorte de famille —des frères d'armes, mais je voulais avoir une épouse. Des enfants à moi. Mais je n'avais rien. Pas d'argent, pas de quoi décemment entretenir une femme et une famille. Je suis venu en Amérique, à Bridgewater, pour bâtir ce rêve. »

Il retourna nos deux mains pour me montrer les cicatrices sur ses phalanges et je sentis les callosités sur ses paumes. « J'ai travaillé dur pour amasser de quoi nourrir une famille. Mais je n'avais pas encore trouvé la bonne épouse. »

Il m'embrassa à nouveau la main avant de la pivoter pour poursuivre ses baisers le long de mon poignet. La caresse de ses lèvres me fit sursauter, c'était aussi intime que sa bouche entre mes cuisses.

« Avant de te rencontrer. »

Ces mots étaient puissants, mais pas autant que l'intensité de son regard, l'honnêteté que je lus dans son expression. Il me désirait. Il voulait faire sa vie avec moi. Et pourtant, je n'étais venue avec eux jusqu'à Bridgewater que pour échapper à Barton Finch.

Il voulait *tout* et moi, je ne désirais que sa protection. Même si ce n'était pas vrai. Ce n'était pas de cela dont j'avais besoin de sa part. Je pouvais me débrouiller toute seule. Il me fallait seulement un endroit où me cacher. Pas lui, ni Hank.

Était-ce encore vrai en cet instant ? Était-ce vraiment la seule chose que je désirais ? Même après de courtes heures, la situation avait changé. Non, c'est *moi* qui avais changé. J'aimais leur façon de me regarder. De me toucher. De parler avec moi. J'aimais ce qu'ils me faisaient ressentir, et pas seulement quand j'étais nue et qu'ils posaient leurs mains sur moi. Ils ne me prenaient pas de haut parce que je n'étais pas féminine. Ils ne me faisaient ressentir aucune honte. Ils ne me frappaient pas. Au contraire. Ils me faisaient passer en premier. Ils m'honoraient, m'estimaient. Putain, ils me désiraient vraiment.

« Tu préfères que nous mettions un genou à terre ou participer à un concours de tir, ma chérie ? Choisis bien, parce que ce sera une belle histoire à raconter à nos petits-enfants. »

Mon dieu, étais-je vraiment en train de considérer la possibilité de les épouser ? Non, pas seulement considérer. Je voulais vraiment les épouser. Mais je n'avais pas non plus envie de le dire aussi directement.

Ils attendaient ma réponse. Deux hommes séduisants. Virils, sauvages. L'un avec des cheveux foncés, l'autre roux. Robustes, costauds, vigoureux. Ils étaient aussi *bons*. Et ils me désiraient. Ils me voulaient, avec mes qualités et mes défauts.

Ils me connaissaient en quelque sorte... à cause d'une fusillade ? Ils savaient que je ne manquais pas ma cible. Je ne les avais jamais vus tenir une arme auparavant. Avais-je envie de ce geste romantique ou de les battre à plate couture ?

Je souris, ils me comprenaient vraiment. Toute une vie avec mon père et mes frères—l'aîné Tom avait été tué pendant un braquage il y a quelques années—et ils n'avaient jamais fait attention à moi, ni à mes désirs, mes rêves. Ils ne savaient rien de moi sinon que j'étais une femme qui leur servait à manger et nettoyait la maison. Je voulais mon propre foyer, une vraie famille avec Hank et Charlie. « Un concours de tir. Pour sûr, un concours de tir. »

8

Hank

J'AVAIS ÉTÉ TELLEMENT OBNUBILÉ, tellement concentré sur la capture des assassins de mon père. Depuis que j'avais appris qu'il avait été tué, à bout portant et de sang-froid, j'avais attendu que justice soit faite. J'avais même pris la décision radicale de devenir shérif. Cela signifiait de passer du temps hors de Bridgewater, de rester en ville et dormir dans la maison de mon père, celle où j'avais grandi. Sans lui, elle semblait vide et m'avait fait réaliser que c'était ma propre vie qui était vide, remplie seulement de la justice à laquelle j'aspirais tant.

Je n'avais jamais compris la propension de mon père à défendre les innocents avant sa mort. C'est seulement en descendant son cercueil que je m'étais senti vulnérable. Ma mère était morte en me mettant au monde, laissant mon père s'occuper seul d'un nouveau-né. Nous avions vécu tous les deux et il avait parfaitement joué son rôle. Il avait suffi d'une seule balle et je me m'étais retrouvé seul. J'étais devenu la victime d'hommes impitoyables qui avaient tué un homme de loi sans le moindre remords.

Je voulais prendre ma revanche. Je voulais attraper le clan Grove.

Et nous en avions maintenant deux en garde à vue. J'aurais dû être content. Sentir que justice avait été faite. Et c'était le cas. Mais cela n'avait pas ramené mon père. Il était toujours mort. Toujours absent. J'étais seulement content de savoir que ses assassins ne feraient plus de mal à personne.

Marcus et Travis Grove avaient dû être traînés à Simms vu l'heure et étaient en train de croupir en cellule. Le docteur avait dû les recoudre assez pour les garder en vie jusqu'à ce que leurs peines soient prononcées et qu'ils soient pendus. On avait dû leur donner une bouteille de whisky à chacun pour étouffer la douleur.

Ils avaient une semaine avant leur mort, je dirais. Et en tant que shérif, c'était mon rôle de m'assurer que cela arrive.

Je mènerais ma mission à terme, mais sans le juge de district, il fallait attendre qu'il fasse sa tournée à Simms. Je n'avais pas envie de dormir en ville, dans la maison de mon père. Hors de question. J'avais quelque chose d'autre pour passer le temps. *Quelqu'un.*

Grace.

Mon père devait me regarder d'en haut et bien rire. Alors même que je venais d'obtenir ce que je désirais, la justice, je récoltais quelque chose que je désirais plus encore. Étais-je comme un enfant devant le bocal de bonbons de l'épicerie ? Pouvais-je être gourmand et prendre les deux ?

Putain, oui.

Les Grove seraient pendus, pas parce que c'était ma volonté de faire payer les assassins de mon père, mais parce qu'ils le méritaient. Cela signifiait-il que je méritais Grace moi aussi ?

Nos chemins s'étaient croisés quand elle nous avait sauvé la vie, et depuis cet instant, elle était devenue mienne. Nôtre. Sans aucun doute. Ni de la part de Charlie. Nous avions des histoires complètement différentes, ayant grandi chacun dans une partie du monde bien différente. Et pourtant, nous étions dans la même situation. Nous voulions la même chose.

Grace.

Je ne connaissais toujours pas les raisons qui l'avaient poussée à tirer sur ces deux hommes. Il y avait une histoire derrière tout ça et nous ne lui avions pas laissé l'occasion de nous la raconter. Nous allions le découvrir. Elle n'aurait plus de secrets pour nous.

Nous avions été limpides sur le fait que nous l'avions conquise.

Manifestement, à en juger par ce que j'avais entendu de sa conversation avec les autres femmes, elle ne savait pas exactement ce que cela signifiait. J'aurais pensé que la bouche de Charlie sur sa chatte serait suffisante.

Il semblait que non. Mais je ne la baiserais pas avant d'avoir prononcé nos vœux. Il faudrait qu'elle se contente de notre parole.

Mais qu'avais-je appris sur le petit chat sauvage qui nous avait mis la corde au cou... car oui, elle nous avait conquis en retour, et plus je lui disais quoi faire, plus elle se rebellait. Mais pour l'épouser, nous lui avions laissé le choix, et nous serions heureux quelle que soit l'issue. Nous mettre à genou pour lui demander sa main comme un homme chérissant une femme, et l'ayant courtisée. Ou un concours de tir.

Bien entendu, Grace avait choisi le tir. Elle n'avait pas l'habitude des romances et des mots doux. Elle n'avait pas l'habitude qu'on la chérisse, qu'on l'adore. Qu'on lui donne tout ce qu'elle désire et je doutais qu'elle choisisse jamais un chapeau de paille à la mode avec des petits nœuds et de la dentelle.

Le dîner serait reporté bien entendu. Tout le monde voulait assister au spectacle, surtout que Charlie et moi avions eu le temps de relater notre rencontre, comment elle nous avait sauvé la vie. Ce n'était pas tous les jours qu'un mariage dépendait de celui qui serait la plus fine gâchette.

Mason et Brody alignèrent une longue rangée de pommes de terre sur une barrière au loin. C'étaient de petites cibles mais je ne pensais pas qu'elle les raterait. Je savais qu'elle était douée. Ses impacts sur les Grove n'étaient pas le fruit du hasard. Elle les avait choisis intentionnellement. Elle avait visé et tiré. Deux fois. Je ne savais pas pourquoi elle les avait choisis, pour l'instant, mais je le découvrirais. Pour le moment, j'étais content de la voir recommencer. Parce qu'aussi étrange que cela puisse paraitre, c'était chaud comme la braise. Ce serait difficile de me retenir de la jeter par-dessus mon épaule et de l'emmener dans la grange pour lui prendre sa virginité dans une bonne baise. Je la prendrais fort et profond comme j'en avais envie. Comme je savais qu'elle apprécierait. Ensuite, je regarderais Charlie lui donner encore plus de queue, plus de plaisir.

Grace se plaça entre Charlie et moi, tenant chacun notre arme favorite, et chargée.

Notre future femme ne devrait pas se retrouver entre nous prête à faire feu, ce n'était pas ce que j'avais imaginé, pas plus que toute autre femme de Bridgewater. Mais je ne voulais pas d'une femme comme Emma ou Laurel. Je voulais Grace, comme elle était, avec ses secrets et tout le reste.

« Chacun d'entre vous aura droit à six coups, » dit Kane qui s'improvisait l'arbitre de notre compétition. Les autres —Emma, Ian, Brody, Olivia et ses maris—se tenaient derrière nous pour leur sécurité. Mason et Laurel étaient assis avec Ann, Robert et Andrew plus près de la maison avec les enfants pour s'assurer qu'ils ne traversent pas la ligne de tir.

Je regardai Grace qui fixait les pommes de terre. Concentrée. Son cœur était à l'arrêt, ses longs cheveux sauvages avaient rejoint la natte épaisse et familière. Elle portait toujours les vêtements d'homme mais ses seins n'étaient pas maintenus—ce long morceau de tissu serait brûlé—et se dessinaient sous le tissu élimé. Je pouvais même voir les pointes dures de ses tétons en dessous. Je savais de quoi ils avaient l'air, la sensation qu'ils laissaient dans mes mains. *Putain*. Une fois passée cette compétition, on lui détacherait les cheveux, retirerait ces vêtements et elle finirait dans mon lit.

« Celui qui cumule le plus d'impacts gagne. »

Elle regarda Charlie, puis moi.

Il tendit la main. « Honneur aux dames. »

Elle roula des yeux et vérifia son arme.

Se tournant de côté, elle leva son bras droit pour pointer son arme. Elle était calme, sa respiration lente et régulière. Son bras ne trembla pas quand elle expira avant de faire feu.

Et encore, jusqu'à ce qu'elle ait utilisé toutes ses balles.

Une seule pomme de terre était toujours en place sur le dessus de la barrière.

Fermant les yeux, elle jura dans sa barbe, et je souris, amusé. Elle savait qu'elle se ferait fesser pour un tel langage, et ce ne serait pas une épreuve pour moi de lui infliger cet autre châtiment. Heureusement, la prochaine fois que je la fesserais me verrait aussi la baiser à l'issue. Et, elle ne verrait plus les choses comme une punition tant je la ferais jouir fort.

« Je croyais que tu ne manquais jamais ta cible, » murmurai-je.

Elle me regarda en haussant les épaules. Je plissai les yeux et me demandai. Avait-elle manqué sa cible exprès ? Et pourquoi—

« Dieu du ciel, femme, mais où as-tu appris à tirer comme ça ? » dit Kane en s'approchant pour lui donner une tape dans le dos, quoique gentiment, et lui sourire. « Tu aurais pu nous être utile dans l'armée britannique. » Elle lui sourit. L'enfoiré. Elle ne m'avait jamais souri comme ça. Mais cela dit, il ne l'avait pas conquise. Il ne semblait pas exacerber son caractère rebelle. Oui, c'était mon rôle et je serais ravi de voir toute cette furie et cette insolence dirigées contre moi, comme son arme.

« Bas les pattes, Kane. Tu as déjà une femme, » lui dis-je. Pourquoi fallait-il qu'il touche Grace alors qu'il avait Emma ? C'était une belle femme séduisante. Aucun doute qu'elle satisfaisait pleinement ses deux hommes.

Le regard de Kane dévia vers moi et il me donna une tape dans le dos. « Content de te voir enfin conquis, shérif. »

Il se moquait de moi. Je le savais, mais je n'en avais que faire.

« Mon père m'a appris à tirer, » répondit-elle, ignorant le fait que je vienne pratiquement de lui pisser sur la jambe pour marquer mon territoire.

Cette information était utile. Je regardai vers Charlie par-dessus sa tête. C'était bien plus que nous n'en avions appris sur elle par nous-mêmes. C'était un début.

« Il devrait être fier de toi, » dit Kane.

Elle se raidit. « Non. Ce n'est pas ce que mon père penserait de moi. »

L'expression de Kane ne changea pas quand elle répondit mais mon sang ne fit qu'un tour. Au son de sa voix, elle détestait son père. « Et tes frères ? »

Elle soupira. « L'un est mort, » répondit-elle comme si elle parlait de la pluie et du beau temps. Pas la moindre pointe de tristesse dans son expression. « Quant à l'autre... on ne s'entend pas très bien. »

« Devons-nous demander ta main à ton père ? » demandai-je. J'étais un gentleman sur certains points. Je présenterais mes respects à sa famille comme il se devait, mais peu importait sa réponse, je l'épouserais de toute manière. »

Elle baissa les yeux. « Non. Il n'y a plus que moi. »

Charlie arqua un sourcil mais ne dit rien. « À mon tour, mon amour. »

Kane recula.

Elle le regarda et il lui fit un clin d'œil avant de se tourner vers sa cible. Il abattit une pomme de terre facilement, puis la suivante. Il baissa le bras et regarda Grace « T'ai-je dit que j'étais tireur d'élite à Mohamir ? »

Il visa et fit feu. Et encore. Comme Grace, il en manqua une.

« Égalité, » annonça Kane, bien que cela soit évident pour l'ensemble des présents.

À moi. Il était hors de question que je perde cette compétition, surtout avec de tels enjeux. Je voulais que Grace me revienne.

J'ajustai ma position et levai mon arme vers les cibles comestibles avant de lancer un dernier regard à Grace. Elle mordait sa lèvre pleine, réalisant qu'elle serait peut-être mariée ce soir. Enfin, pourquoi peut-être ?

Je fixai la rangée de pommes de terre et tirai dessus l'une après l'autre. Six d'affilée.

Je lançai l'arme vide à Kane avant de passer mon bras

autour de la taille de Grace pour la serrer contre moi. Repoussant une mèche de cheveux de son visage, je dis :

« Charlie est peut-être un tireur d'élite de l'armée. Mais je suis le fils d'un shérif du Territoire du Montana.

Je l'embrassai alors, fier et possessif. Cette fois-ci, quand ma langue caressa sa lèvre, celle-ci s'ouvrit pour moi. Elle m'embrassait aussi. Chaude, douce et humide pendant qu'un petit gémissement montait de sa gorge, scellant notre destinée.

Grace nous revenait, sans conteste. « Robert, » appelai-je quand je relevai enfin la tête. « Va chercher ta Bible. »

9

RACE

« ATTENDS ! » criai-je, en panique. Je n'étais pas prête à me marier sur le champ.

En fait je l'étais, et c'est pour cela que j'avais crié. Je ne *devrais* pas être prête. Il me fallait du temps pour réfléchir. Ils avaient été comme une tornade. J'avais entendu parler d'une tornade qui avait ravagé Billings il y a quelques années. Des vents aussi forts que tourbillonnants avaient tout dévasté. Et c'était comme si on m'y avait jetée, ou mes émotions du moins, depuis ce matin. Ils étaient comme une forte tempête ayant déboulé dans ma vie pour la changer. Pour changer ma destinée, mon mode de vie en quelques heures.

Il me fallait du temps.

Il me fallait—

« Il me faut une robe ! »

Charlie et Hank me regardèrent. Tout comme Ian, Kane, Mason et les autres.

« Bien sûr, » dit Emma en approchant de ses deux maris en tenant par la main une petite fille aux mêmes cheveux noirs. Ellie. Elle était mignonne et un peu timide, s'accrochant à sa mère. Quand elle fut assez près, elle tendit ses petits bras vers Ian, qui la prit pour la lancer en l'air. Ses cris de joie m'aidèrent à me détendre un peu.

« Toute femme devrait porter une robe le jour de son mariage. »

J'étais reconnaissante de son intervention, elle justifiait mes propres paroles.

« Bien. Nous devrions rentrer à la maison pour que tu en enfiles une, » dit Hank comme si c'était aussi simple.

« Je n'en ai pas. »

« Empruntes-en une, » ajouta Hank en regardant les autres femmes de Bridgewater.

Ann et Laurel était trop petites. Emma avait à peu près ma taille, mais sa poitrine était plus imposante. Quand à Olivia, elle était plus ronde que moi.

« Elle doit avoir une robe à elle, Charlie. Quelque chose de spécial pour se souvenir de cette journée. »

« Nous allons lui donner de quoi se souvenir de cette journée, » répondit Hank et je sentis mes joues s'embraser, sachant à quoi il faisait référence. Il avait dit qu'il ne prendrait pas ma virginité avant que nous ne soyons mariés.

« Doublement, » clarifia Charlie.

« Il est trop tard pour aujourd'hui mais nous trouverons une robe toute faite chez le marchand, » ajouta-t-elle.

« Mon amour, laisse-les résoudre cela par eux-mêmes, » dit Kane à Emma en la prenant par la taille et en l'embrassant sur le front.

Hank prit ma main et me guida hors du petit groupe, suivi par Charlie.

« Tu as peur, » dit-il.

J'ouvris grand la bouche. « Je... je crois que oui, mais pas de vous. » Je les regardai, lui et Charlie, avec sincérité. « D'aucun d'entre vous. »

Je voulais qu'il appelle Robert et sa Bible pour que je m'unisse à eux. Mais pourquoi voulais-je une chose pareille ? Pourquoi voulais-je arrêter de lutter et dire oui. « Je vous ai rencontrés il y a quelques heures. Il me faut au moins... au moins—»

« Oui, » demanda Charlie.

« Il me faut une nuit pour y réfléchir. »

« Pour changer d'avis ? » demanda Charlie. Je vis un V se dessiner sur son front, son air inquiet. Il pensait que j'allais changer d'avis, que je ne souhaitais pas devenir leur femme.

Je secouai la tête. « Non. *Non.* Je n'ai aucune intention de changer d'avis. Vous avez raison. Vous m'avez conquise. »

La tension se dissipa et adoucit ses traits. Ces lèvres qui m'avaient embrassée, qui s'étaient posées sur ma chatte se transformèrent dans un petit sourire. « C'est bien, mon amour. »

C'était bon de sentir que j'avais apaisé son esprit, d'être celle qui lui apportait ce bonheur. C'était une sensation étrange, de savoir que le fait que j'aie envie d'être avec lui le rendait heureux.

« On dirait que cette histoire de conquête est encore plus importante que le mariage. »

Hank hocha la tête. « Nous sommes d'accord. Ça l'est pour moi, » il fit un signe vers Charlie. « Pour nous, cela suffit. Tu es à nous. Comme tu vas épouser deux hommes, ce n'est ni conventionnel, ni légal. Mais nous le ferons tout de même. »

« C'est moi que tu vas épouser, mon amour. »

Je tournai les yeux vers Hank qui hocha la tête en guise d'acquiescement. Je me demandai pourquoi il n'était pas gêné que lui et moi ne soyons pas légalement mariés. Lui qui ne voyait le monde qu'en noir ou en blanc.

« Tu porteras mon nom, mais aujourd'hui, quand nous t'avons vue pour la première fois, tu es devenue nôtre. »

Je me sentis légère, j'aurais plus flotter. Était-ce ça le bonheur ? Je n'en savais rien mais j'aimais ça. Et j'en voulais davantage. Je le voulais pour toujours.

« Je n'ai pas l'intention de changer d'avis. Mais il me faut un moment pour souffler. Pour réfléchir. Vous êtes plutôt envahissants tous les deux. »

Ils sourirent tous les deux d'un air diabolique. « Et nous avons toujours nos vêtements. »

Et c'était exactement ce dont j'avais peur.

« Tu as raison, ma chérie. Quand tu te retrouveras entre nous, tu ne penseras plus à rien. »

Je déglutis en serrant les cuisses l'une contre l'autre, je savais que c'était vrai.

Hank hocha la tête. « Très bien. Nous nous marierons demain à ton retour de la ville quand tu auras trouvé une robe. »

Demain. Quelques jours de plus semblaient être un fardeau, surtout que je ne les connaissais que depuis moins de douze heures.

« Tu peux dormir entre nous. »

Je bafouillai en portant la main à mon visage. « Si je suis au lit avec vous, je doute que vous me laissiez dormir. »

Charlie me fit un clin d'œil. « Qu'elle est maline. »

« Elle peut passer la nuit ici, ajouta Emma.

Nous ne nous étions pas beaucoup éloignés des autres et ils étaient vraiment curieux. J'aimais ça.

J'essayai de ne pas montrer mon soulagement de manière trop visible. Hank et Charlie étaient comme un troupeau galopant, piétinant tout sur leur passage. Ils n'étaient pas enchantés à l'idée de me laisser quitter leur champ de vision, mais ils acquiescèrent tout de même.

Je regardai Emma. « Merci, c'est gentil. »

Charlie me fit tourner la tête d'un doigt sur le menton et me força à le regarder. « Écoute-moi, mon amour. Tu ne porteras ta robe que le temps nécessaire pour prononcer tes vœux. Ensuite, nous le l'arracherons. »

Je déglutis, inutile de regarder l'intensité de son regard. Je n'entendis que la promesse charnelle dans sa voix.

« Si j'entends rire, n'oubliez pas que je vise bien, » grommelai-je en tirant le rideau entre l'épicerie et les appartements privés de Mme Maycomb.

J'étais venue à la boutique en compagnie d'Emma et Ann sous la bonne escorte de Quinn, un des employés du ranch. Nous étions à Travis Point, la ville avec la meilleure boutique de prêt-à-porter pour femmes. J'avais foi en leur jugement et je me regardai. Couverte des pieds à la tête d'un jupon à carreaux bleu ciel, puis engoncée dans une robe assez large pour cacher mes bottes si peu féminines.

« Nous ne rirons pas, » dit Emma à travers le rideau.

Je n'étais plus très sûre que ce soit une bonne idée que je porte une robe à mon mariage. Je me sentais ridicule. Je n'avais jamais porté de robe, ni de jupon, ni de bleu ciel de toute ma vie. Je suffoquais presque tant la coupe était ajustée et je ne portais même pas de quoi maintenir ma poitrine. C'était serré, mais c'était sous mes vêtements, cachant ma silhouette au lieu de la mettre en valeur comme ce que je portais maintenant. Je n'avais pas de miroir, Mme Maycomb en avait un petit qu'on tenait en main mais j'avais réussi à avoir une idée de mon apparence.

« Tu vas rester cachée là-derrière toute la journée ? » demanda Ann et j'entendis rire le deux autres.

« Je suis contente que vous trouviez ça drôle, » grommelai-je. « Pas moi. »

« Allez sors, Grace. Tu vas être ravissante. »

Je pouvais me sauver par la porte de derrière, mais cela ne me mènerait nulle part. Il me faudrait toujours affronter les femmes quand je voudrais rentrer à la maison. *Maison.* Pensais-je vraiment que Bridgewater était ma maison désormais ?

J'avais à peine fermé les yeux la nuit dernière à tant réfléchir. Je désirais Hank et Charlie. Vraiment. Je devais certainement être aussi folle qu'eux. Tout comme l'ensemble des habitants de Bridgewater vu qu'ils s'étaient tous mariés à la hâte.

Mais tous les couples semblaient heureux. Les femmes étaient adorées et protégées, les hommes aimés et passionnés. Cela semblait fou, mais j'avais envie d'en faire partie.

Et cela arriverait. Tout ce qu'il me fallait, c'était sortir de derrière ce fichu rideau pour que les femmes me voient en robe.

Dieu merci Hank et Charlie étaient à Simms, pour s'assurer de l'état des prisonniers pendant que j'achetais ma robe. J'avais constamment réprimé toute pensée concernant ma famille. Je n'en voulais pas dans ma vie et ils n'en faisaient plus partie. Je m'en étais assurée. J'allais obtenir tout ce que je désirais.

« Grace ! » appela Emma.

Je soupirai et tirai le rideau avant de faire un pas dans la remise de l'épicerie.

Ann poussa un petit cri en posant ses mains sur sa bouche. Emma cria en s'avançant vers moi et m'étreignit fortement, avant de reculer. Elle me détailla des pieds à la tête peut-être même avec plus d'intensité que Hank et Charlie ne l'auraient fait.

« Tu es superbe. Tes hommes vont s'étouffer en te voyant. »

« Et en avoir les couilles qui tombent avant même de se fondre en toi, » ajouta Ann.

Je rougis en ressentant quelque chose dans ma poitrine. De l'espoir peut-être ? L'espoir qu'ils m'aiment toujours même si je portais quelque chose qui me rendait différente ? N'étais-ce pas ce que j'avais toujours désiré ? Ne plus être une Grove.

« Vous le pensez vraiment ? »

Ann hocha la tête, faisant osciller ses boucles blondes. « Elle te va à ravir. Tu devrais la prendre ainsi que quelques autres. »

Facile pour elle de parler de robes, elle en portait une. Une de couleur jaune pâle qui mettait en valeur ses cheveux et son corps de sorte que ses maris étaient incapables d'avoir des doutes sur le fait que c'était une femme.

Je lui lançai un regard gêné. « Une robe, c'est déjà pas mal. Il ne m'en faut qu'une pour épouser Hank et Charlie. »

Elles secouèrent la tête de concert.

« Dès ton retour à Bridgewater, après un seul regard sur toi, ils vont la déchirer tant ils seront impatients de te l'enlever, » annonça Emma. L'idée que Charlie et Hank me voient et en deviennent ivres de désir, assez pour déchirer une robe, me donnait un sentiment de puissance. Je me sentais féminine, pour la première fois, et je sentais que j'avais un certain contrôle, que je pouvais d'une certaine manière envoûter mes futurs maris. Était-ce vraiment le cas ? Pouvais-je faire ça à Hank et Charlie en étant moi-même ?

« Il t'en faut plus d'une, » approuva Ann. Elle regarda Emma. « Allons-voir s'ils ont du rose. Cela ira très bien avec ton teint. »

« Jaune pâle ? » suggéra Emma.

« Allons voir. »

« Je me change et j'arrive. »

Elles partirent comme un seul homme, ou plutôt comme une seule femme. « Oh non. Tu peux prendre tes anciennes affaires, mais tu sortiras de la boutique avec cette robe. » Emma tapa du pied sur le sol et me gratifia d'un regard qui devait probablement bien fonctionner sur les enfants récalcitrants et les maris bornés. Elles se dirigèrent vers la table des robes prêtes à porter.

Je soupirai avant de tourner les talons pour récupérer le pantalon et la chemise que je portais pour venir en ville. Je fis un pas mais quelqu'un se dressa en travers de mon chemin.

« Tiens, mais qui voilà donc. Un déguisement parfait. »

Mon cœur bondit dans ma poitrine. Barton Finch.

« Je ne t'aurais pas reconnu si tu avais fermé ton clapet. Ta langue impertinente t'a trahie. Salope. »

Il promena son regard sur moi en se léchant les lèvres quand il s'arrêta sur mes seins. Ils n'étaient pas maintenus et je ne portais pas de corset. Je n'allais pas vérifier si mes tétons pointaient ou pas. « Tu es pleine de surprises. »

Je grimaçai tant il empestait.

Il m'avait acculée de la sorte l'autre jour, mais nous étions seuls dans sa cabane. Seuls. Maintenant, nous étions dans une boutique et Ann et Emma étaient devant avec Mme Maycomb.

« Ne me force pas à crier, » dis-je.

« Ne me force pas à tuer deux jolies filles. »

Je me raidis en entendant ces mots. Il sourit.

« Je n'ai pas pu m'empêcher d'entendre. Bridgewater, hein ? C'est là que deux hommes ont le droit de baiser une femme ensemble. C'est un endroit que j'aimerais bien. » Il me regarda encore.

Il savait désormais où me trouver. Et d'où venaient Ann et Emma.

« Tu n'aimerais pas. Le gens se lavent, » répliquai-je.

Il sourit, révélant ses dents jaunâtres.

« C'est quoi cette histoire que tu épouses deux hommes ? J'ai entendu parler d'un certain Hank ? Tu parles de Hank Baker ? Le shérif ? »

Je m'étais habituée à cacher mes émotions devant ma famille. S'ils voyaient que quelque chose m'intéressait, comme un chat de gouttière, ils tiraient dessus et me le rappelaient sans cesse. Ils laissaient les portes ouvertes tout l'été, laissant rentrer les mouches juste parce que j'avais dit que ça m'agaçait. C'étaient des enfoirés, je le savais, mais après avoir rencontré les hommes de Bridgewater, j'en avais la confirmation.

Quant à Barton Finch—

« Bonne idée, Grace. S'encanailler avec le shérif peut sauver ta tête. Quant à l'épouser ? » Il rit. « Putain, femme, tu en as dans le ventre. Tu dois être un sacré bon coup si le shérif a pu dépasser ton patronyme. Ta chatte doit être incroyable. »

Je relevai la tête en gardant le silence, je n'allais pas répondre à des mots aussi crus.

Je fus envahie par la culpabilité, j'avais pensé de la sorte la veille. Mais ensuite, j'avais réalisé que je désirais Hank pour l'homme qu'il était, pas comme une Grove en quête de protection. Et je désirais également Charlie comme une femme désire un homme. J'avais oublié ma vie pendant quelques heures et nourri un espoir. J'avais eu un avant-goût d'autre chose.

« Tu as aussi changé de nom ? Que se passera-t-il quand je lui dirai qui tu es ? »

Avec Barton Finch devant moi, je savais que c'était la fin.

« Comme si tu allais t'approcher du shérif, » martelai-je.

Il ne répondit pas. Au contraire, il demanda :

« Tu penses que ton cou va craquer sur la potence ou bien que tu te balanceras en remuant pendant que tu étouffes ? »

De la bile monta dans ma gorge en entendant ces mots. Il avait raison. Je me balancerais à côté d'eux. J'étais Grace Grove.

« Qu'est-ce-que tu veux ? » murmurai-je.

« J'ai une banque à dévaliser. Il parait que les deux autres Grove sont en prison. »

Il ne savait pas que c'est moi qui avais abattu ma propre famille.

« Je ne peux pas le faire seul. Maintenant, je t'ai toi. »

Je secouai la tête. « Non, je n'ai jamais rien fait de tel et je ne vais pas commencer maintenant. »

Il regarda par-dessus son épaule vers Emma et Ann qui essayaient des chapeaux de paille près de la porte. Un mouvement d'épaules activa son odeur nauséabonde. J'en plissai les narines mais je ne pouvais bouger. Je n'osai pas.

« On dirait que je vais devoir faire une petite visite à Bridgewater. Tard dans la nuit. » Sa main se posa sur la crosse de son arme. « Peut-être que moi aussi j'ai envie de m'entrainer au tir. »

Mon plus grand souci n'était plus de me faire violer par cet affreux personnage. Il était devenu un danger pour tous ceux qui m'avaient accueillie et étaient devenus mes amis. Ils m'avaient acceptée parmi eux sans réserve.

Mais il y avait une réserve. Ils ne voudraient pas de moi si j'étais une hors-la-loi et Barton Finch allait me forcer à le devenir. Néanmoins, je préférais qu'ils me haïssent à jamais plutôt qu'il leur arrive quoi que ce soit.

« Où et quand ? » demandai-je.

Il sourit encore. « Qu'elle est maline. La banque de Carver City. Demain midi. Après, tu passeras à ma cabane, nous passerons la nuit à faire connaissance. »

Je ne répondis rien. L'idée de me retrouver en sa compagnie, sans parler de passer la nuit avec lui, me donnait la nausée.

« Nous allons bien nous entendre, toi et moi. Ne t'inquiète pas, une chatte usée ne me dérange pas, mais je parie que ton petit cul est encore vierge. Je le prendrai. Vu que tu m'as envoyé un coup de genou dans les couilles hier, je t'attacherai bien avant de te passer dessus. Comme ça je pourrai prendre mon temps avec toi. » Il approcha une main pour saisir mon sein. Je ne bougeai pas, mais je tressaillis tant sa poigne était rude, douloureuse. Rien à voir avec la manière dont Hank m'avait touchée la veille. Je reculai.

Vif comme l'éclair, il attrapa mon poignet, je tirai pour me dégager.

« Résiste, j'adore ça, » grogna-t-il.

Je me figeai en plissant les lèvres afin de ralentir mon souffle et de me calmer.

« La banque de Carver City. Demain midi. Si tu ne viens pas, je saurai où te trouver. Si tu décides de fausser compagnie à tes hommes en t'enfuyant par la première diligence, je les tuerai quand même. »

« Et si j'en parle au shérif ? » sifflai-je.

« Je dis à ton shérif de mari tout ce qu'il faut savoir sur

toi. Tu finiras en prison près de ton père et de ton frère. Ceux de Bridgewater finiront morts quoiqu'il arrive. » Il sortit son arme, vérifia qu'elle était chargée et la remit dans son holster. J'aurais dû penser à lui prendre toutes ses armes. « Ou ne lui dis pas. Putain, j'aimerais tellement voir sa tête quand il découvrira que sa future femme est un bandit. Félicitations pour ton mariage ! »

Il tourna les talons et s'éloigna en riant.

Aucune idée du temps que je passai là, le regard dans le vide. À réfléchir. À essayer de ne pas pleurer. Je ne ferais rien qui mettrait en danger les gens de Bridgewater. Ses menaces n'étaient pas à prendre à la légère. Je ne pouvais pas en parler à Hank et Charlie. J'irais à la potence quoi qu'il advienne, lorsque je saurais qu'ils étaient sains et saufs. Je leur sauverais la vie, une fois de plus.

J'avais jusqu'à demain. D'ici là, ce temps m'appartenait. Ma vie m'appartenait. Je pouvais être celle que je voulais être. Je pouvais me marier, à deux hommes. J'essayerais de tout oublier et de profiter d'une journée en tant qu'épouse, un jour où tout irait bien dans ma vie. Où tout serait bon. J'avais un jour de bonheur et ensuite, tout serait terminé.

Je ne serais plus Grace Grove. Je serais Grace Pine et bien que ce ne soit pas légal, je serais également la femme du shérif. Ensuite... je deviendrais ce que j'avais fait le serment de ne pas devenir. Une hors-la-loi.

Chevauchant vers la mort.

10

HARLIE

« Putain, » murmurai-je, alors que je me trouvais près du peuplier dans le jardin de Kane, Ian et Emma. Hank se tenait à mes côtés. Nous avions tous les deux enfilé nos plus beaux habits du dimanche, vestes et cravates. Malgré l'ombre qui nous protégeait, le soleil était déjà chaud mais peu m'importait. Je n'avais d'yeux que pour Grace qui se dirigeait vers nous escortée par Robert.

J'avais eu une demi-érection toute la journée et ma queue s'était dressée instantanément en l'apercevant dans sa robe rose pâle qui lui allait comme un gant. C'était la première fois que nous pouvions voir ses courbes—hormis quand elle était nue. Le col était orné de dentelle, tout comme ses poignets, ce qui la rendait presque délicate. Avec ses cheveux attachés en chignon au lieu de la longue tresse, elle était une véritable gravure. Elle avait beau rester Grace, elle était devenue une tout autre personne. Elle avait la plus parfaite des silhouettes féminines sous la mousseline rose et j'allais l'épouser.

Elle nous regarda tous les deux avec un sourire tremblant. Je réalisai alors qu'elle était nerveuse, pas à l'idée de nous épouser—ou peut-être un peu—mais à cause de sa tenue. Elle nous avait confié ne jamais avoir porté de robe auparavant.

Je ne pus m'empêcher de sourire en retour. De rayonner même. Putain, si ces enfoirés qui tenaient l'orphelinat pouvaient me voir en cet instant. Ils m'avaient toujours dit que j'étais un bon à rien, que je ne ferais jamais rien de ma vie. Je n'étais peut-être devenu qu'un simple fermier, mais j'avais aujourd'hui tout ce que je désirais.

Elle était la femme de mes rêves et je l'avais attendue toute ma vie. Elle était le premier maillon de la famille que je voulais fonder. Elle était la raison pour laquelle j'avais usé mes doigts jusqu'au sang dans les mines de cuivre. Elle était le soleil et la lune de mon ciel dont j'étais les étoiles. Shakespeare avait bien raison.

Quand elle me regarda, je lui fis savoir d'un regard que j'étais prêt. Pour tout ça, pour elle. J'étais prêt à l'épouser et à la faire mienne. Oui, nous l'avions conquise et tout le monde à Bridgewater allait savoir qu'elle était à moi. Elle deviendrait Mme Charles Pine.

Putain.

Elle leva une main pour jouer avec la dentelle de son cou. J'étais fier d'elle, du fait qu'elle puisse endosser un tout autre rôle. Pour nous. Cela faisait battre mon cœur, transpirer mes paumes de savoir qu'elle avait fait tant d'efforts, même pris des risques avec ses propres émotions.

La nuit avait été longue sans elle, même si nous n'avions jamais passé de nuit avec elle. Je n'avais pas bien dormi, pensant à elle, à la manière dont nous l'avions touchée, comment elle avait réagi. Putain, je sentais toujours son parfum sur ma langue. J'avais hésité à me servir de ma main pour soulager la pression dans mes couilles mais j'avais résisté, gardant toute ma semence pour Grace. Je l'en remplirais jusqu'à ce que nous soyons tous satisfaits. Je n'avais aucune idée du temps que cela pourrait prendre. Des jours ?

À notre retour de Simms, où nous avions eu confirmation que les Grove étaient toujours en vie—mais toujours aussi mauvais et en colère—et derrière les barreaux, nous étions immédiatement retournés chez Kane et Ian pour voir Grace. Les femmes étaient revenues de la boutique et avaient piaillé sur Grace, tout en nous interdisant de la voir jusqu'à présent. Kane m'avait donné une grande tape dans le dos avant de nous envoyer nous préparer, en nous expliquant que s'il nous laissait entrer dans sa maison, il dormirait dans la grange pendant une semaine.

Hank me poussa dans le dos, me faisant signe de lui prendre la main. Ce que je fis avant de contempler son visage tout retourné. J'avais envie de baisser la main vers mon pantalon pour me mettre à l'aise, mais cela n'arriverait pas avant que je l'enlève. Bientôt.

« Tu es prête, mon amour ? »

Hank vint se positionner de l'autre côté, Grace était enfin entre nous, là où était sa place.

Ses yeux sombres reflétaient l'envie et le bonheur, son sourire était sincère, le rose sur ses joues trahissait son excitation.

« Oui, je suis prête à vous appartenir, » répondit-elle. Elle se tourna vers Hank. « À tous les deux. »

Elle était prête. Hank aussi. Moi également. Et je ne parlais pas de ma queue. Je me tournai vers Robert. « La version courte, je te prie. »

Et environ quinze minutes plus tard, je pris son visage entre mes mains pour l'embrasser. Quand Hank s'éclaircit la voix, je relevai la tête et elle l'embrassa.

Les autres n'eurent que le temps de nous féliciter brièvement. Grace était à nous et nous n'allions pas attendre une seconde de plus avant de la conquérir. Je la jetai par-dessus mon épaule et la portai vers la maison, je ne la lâchai pas avant d'atteindre ma chambre.

Je la tins par la taille le temps qu'elle reprenne ses esprits. Elle n'avait pas l'air féroce dans sa robe rose avec ses cheveux aussi délicatement coiffés. Hier, je ne m'étais pas trop inquiété que nous soyons trop brusques avec elle. Mais maintenant, à voir ses courbes mises en valeur aussi parfaitement, je me demandai si nous n'y allions pas trop fort, au risque de lui faire mal.

« N'aie pas peur, mon amour. Tu vas certes te prendre deux grosses bites dans ta petite chatte vierge, mais nous prendrons bien soin de toi. »

Elle me regarda derrière ses longs cils, et je m'attendais à y lire de l'appréhension ou peut-être même une pointe de peur à l'idée de se faire prendre pour la première fois par son mari. Et Grace en avait deux, alors…

Plutôt que de serrer les dents et les mains, Grace me sauta au cou pour m'embrasser. Un baiser langoureux, sauvage. Féroce comme elle.

Oh mon dieu.

GRACE

J'ÉTAIS HEUREUSE. Vraiment. Je me sentais légère. Insouciante. Aimée. Je n'avais jamais rien ressenti de tel. Mais de me retrouver devant deux hommes qui venaient de faire le serment, devant leurs plus proches amis, de m'honorer, de me chérir et de me protéger de leurs corps, et de m'aimer avec ces mêmes corps... je savais qu'ils ne mentaient pas.

Contrairement à Travis et à mon père, ou à ce bâtard de Barton Finch, ils ne racontaient pas de bobards pour arriver à leurs fins. Ils ne pensaient pas qu'à eux.

Charlie et Hank voulaient vraiment me baiser. Leurs queues toujours raides en étaient une preuve manifeste, mais ils m'avaient passé la bague au doigt. J'étais Grace Pine désormais.

Je ravalais tous mes sentiments perfides concernant le fait de ne pas leur avoir donné mon nom, mais le nom de jeune fille de ma mère. J'avais épousé Charlie en tant que Grace Churchill, et non Grace Grove. Mais les vœux que j'avais prononcés étaient honnêtes. Je les voulais. Tous les deux.

Je n'avais pas lutté quand Charlie m'avait portée jusqu'à leur maison. *Notre* maison. Je m'étais délectée de ressentir son désir. Je n'avais vu que les jambes de Hank qui nous suivait, et j'avais senti qu'il était tout aussi excité. Tout aussi prêt.

J'avais une journée pour vivre en tant que Mme Charlie Pine, et pour être aussi la femme de Hank, complètement, à l'exception de son nom. Demain, ils me haïraient. Demain, je serais en prison, où était ma place. Demain.

Non. Je ne penserais pas à demain. Je ne penserais qu'à aujourd'hui. À l'instant présent. À eux. Si je devais me balancer à côté de mon père et de Travis, alors je voulais que cette journée soit parfaite. Une journée de bonheur avant de mourir.

Et je n'allais pas causer à Charlie un seul instant d'inquiétude. Un seul instant de précaution. Je les désirais. Je désirais Hank. Je désirais tout ça.

Alors je me jetai sur lui. Et je l'embrassai avec toute cette passion contenue depuis mon arrivée dans la maison d'Emma la veille. Il n'y avait pas de place pour la pudeur ou le doute. Ils ne me feraient pas de mal. Ils ne me donneraient que du plaisir.

L'espace d'un instant, j'avais sidéré Charlie. Et ensuite, il avait posé ses mains sur moi pour m'embrasser en retour. Un grognement avait jailli de sa gorge alors que je fourrais audacieusement ma langue dans sa bouche.

Une fois de plus, il me remit sur mes pieds et ses mains commencèrent à se promener. Pas seulement les siennes, mais aussi celles de Hank. Ma robe fut déboutonnée à la hâte—arrachant au passage quelques boutons dans notre impatience—et glissée le long de mes épaules, de mes bras, de mes jambes jusqu'à atterrir au sol sur mes pieds, pendant que la bouche de Hank se promenait sur moi.

Les deux hommes mirent chacun un doigt en moi, me remplissant en même temps. J'étais si serrée qu'ils m'écartèrent tous les deux.

J'haletai en m'accrochant à Charlie.

« Tellement serrée, murmura Hank en m'embrassant sur l'épaule. « Ne t'en fais pas, nous n'allons pas te prendre là tous les deux en même temps. Charlie baisera ta petite chatte pendant que je prendrai ton cul. » Son doigt luisant glissa contre mon petit trou indompté, là où Charlie l'avait léché. La pointe de son doigt tourna autour avant de s'y appuyer jusqu'à ce que mes deux hommes se retrouvent en moi.

Je criai tellement c'était bon, et étrange à la fois. Mes deux trous étaient écartés et bien que cela brûle légèrement, cela me rappelait aussi qu'ils étaient là à me conquérir, et que je leur appartenais. J'en avais envie, je voulais savoir ce que c'était que d'être prise complètement. Je ne voulais pas qu'ils se retiennent ou qu'ils se sentent surveillés.

« Encore, » haletai-je.

Charlie se pencha en avant et prit un de mes tétons dans la bouche pour le suçoter fort et je le ressentis jusque dans ma chatte.

J'enroulai mes doigts dans ses cheveux soyeux pour le maintenir en place. Je le sentis sourire contre mes seins.

« Suffoquant sous ton parfait petit téton. La plus douce des morts, » dit-il en me regardant.

Joueur et séduisant.

« Encore, » soufflai-je. « Je n'ai vu aucun d'entre vous. Je vous veux nus. »

Le doigt de Hank glissa hors de moi et j'entendis le bruissement de ses vêtements.

« Si tu veux bien lâcher mes cheveux, » dit Charlie.

Je le laissai donc s'échapper et il se leva pour retirer sa veste.

Ma chatte se sentit vide et excitée. J'étais tellement glissante que je me sentais mouillée jusqu'à l'intérieur des cuisses. Je me sentais un peu bête vêtue de mes seuls bas et de mes bottes, et je m'assis sur le bord du lit pour les enlever tout en regardant Hank et Charlie. La pièce était meublée de manière spartiate, un grand lit pour la carrure imposante de Charlie, une commode avec un miroir posé dessus, deux fenêtres ouvertes, il faisait chaud, donnant sur l'arrière de la maison et laissant entrer la lumière du soleil.

Et plus ils se dévoilaient, plus j'avais envie d'en voir. Ils étaient tellement différents, tant leurs caractères que leurs corps. Charlie avait le torse imberbe, mais une ligne de poils roux parcourait son nombril et descendait jusqu'à la base de sa queue. Et quelle queue ! Longue et grosse, couleur rouge vif avec un gland large. Il se tenait fièrement debout sur ses jambes musclées qui la faisait se balancer. Il la prit dans sa main pour la caresser tout du long avant de faire de petits cercles sur la pointe.

Hank vint se placer à côté de lui. À peine plus petit, ses épaules étaient aussi larges que sa taille était fine et son ventre musclé. Lui aussi était bien monté, d'une taille similaire à celle de Charlie et les parois de ma féminité palpitèrent en se demandant comment l'un ou l'autre allait bien pouvoir rentrer.

Leurs doigts étaient déjà serrés, mais alors ces queues !

Hank sourit. « Ne t'inquiète pas, ma chérie, ta chatte est faite pour nous. »

J'acquiesçai en me léchant les lèvres. Ils grognèrent tous les deux.

« Tu nous vois, mais tu peux aussi toucher, » ajouta Charlie.

Je me levai et me dirigeai vers eux, posant une main sur chacun de leurs torses. Ils restèrent tranquilles pour que je les caresse et les découvre comme j'en avais envie. Je sentis la chaleur de leur peau, les mouvements de leurs muscles, la rapidité de leur respiration. Charlie continua de se caresser alors que la queue de Hank se balançait vers moi.

Curieuse, je la touchai et il laissa s'échapper un petit cri, ses hanches roulant vers l'avant.

« Et moi, mon amour ? » demanda Charlie, retirant sa main que je remplaçai vite par mienne.

« Putain, » siffla-t-il, en fermant les yeux.

« Montrez-moi ce que vous aimez, » dis-je en les regardant. Ils avaient les yeux sombres, les mâchoires serrées. Chaque ligne de leurs corps était tendue.

La main de Charlie se posa sur la mienne dans une

poigne solide. « Cela se terminera bien trop vite si tu continues comme ça. »

Je fronçai les sourcils, incertaine du sens à donner à ces paroles.

« Tu es impatiente, ma chérie ? Tu as envie de nos queues ? » demanda Hank.

J'acquiesçai en me léchant les lèvres.

Ce geste invita Hank à me prendre par la taille et à me jeter sur le lit. Quand j'atterris, il rampa sur moi, la lourde pression de sa queue sur ma cuisse.

Il se pencha pour m'embrasser. Doucement dans un premier temps, puis intensément. Quand il releva la tête, il haletait. « Alors il faut t'y préparer. »

Je remuai sous lui. « Je suis prête. »

Il secoua la tête et m'embrassa encore, le long de la joue. Il descendit ainsi en suivant mon cou, puis mes seins dont il embrassa les petites pointes, mordillant même le petit bout de chair tendre. Il descendit encore et encore et j'écartai les cuisses pour qu'il puisse s'y installer comme l'avait fait Charlie la veille au bord du torrent.

Je me redressai sur mes coudes et le regardai. « Charlie a eu un avant-goût, c'est à mon tour. »

Sa bouche était différente de celle de Charlie. Gentille dans un premier temps, me touchant à peine de la pointe de sa langue, avant d'en plaquer toute la longueur sur moi.

Je me laissai retomber sur le lit en regardant le plafond. « Putain, » soufflai-je.

« Bientôt mon amour, » dit Charlie en s'asseyant sur le lit, ses mains se dirigeant vers mes seins. C'était comme s'il ne pouvait s'empêcher de les toucher.

Entre les coups de langue de Hank sur ma chatte et mon clitoris et Charlie qui jouait avec mes seins, je jouis. Ce fut rapide, bref, et fort, me faisant haleter, rendant ma peau luisante de sueur.

« Encore, » dis-je, c'était décidément mon mantra aujourd'hui. Je voulais tout. Sans me retenir. Je n'avais pas le temps de les aguicher ou de les laisser jouer, alors je roulai des hanches. Quand Hank releva la tête, sa bouche luisante du temps passé sur ma chatte, je lui dis :

« Baise-moi. »

Il se redressa et revint sur moi pour m'embrasser. Je goûtais ma propre excitation sur ses lèvres. « Tu vois ? Une petite chatte si parfaite. Prête à devenir mienne ? »

J'acquiesçai et passai mes doigts sur sa joue, sentant râper sa barbe de trois jours.

D'un geste du genou, il écarta mes cuisses et se posa entre. Sa queue glissa contre mes lèvres et son gland trouva l'entrée de ma chatte. « Tu es à moi, Grace. » Il se glissa en moi, sans s'arrêter, sans me laisser le temps de m'adapter à cette sensation imposante, jusqu'à s'enfoncer complètement.

Je roulai des hanches et m'accrochai à ses bras en soufflant. Il était tellement gros et je n'avais jamais rien ressenti de tel. J'haletai face à cette intrusion. Ce n'était pas douloureux, mais un peu inconfortable.

« Regarde-moi, » dit-il et je réalisai que j'avais fermé les yeux.

Son regard sombre soutint le mien alors qu'il restait immobile, reposant sur ses mains. « Tu es parfaite, ma chérie. Si chaude. Si serrée. Si mouillée. Tu es tout ce que j'ai toujours désiré. »

Il se retira et j'haletai encore, les yeux grands ouverts. Cela ne faisait pas mal. C'était même bon.

« Encore, » murmurai-je.

Il revint en moi et je criai.

« Tu aimes te faire prendre ta petite chatte ? » demanda Charlie. « Putain, c'est trop de te voir te faire prendre pour la première fois. »

Je tournai la tête et regardai Charlie. Il nous observait tout en se caressant rapidement, la poigne solide, fixant là où nos corps ne faisait plus qu'un.

Hank se retira complètement de moi et replongea aussitôt. Encore et encore. Le bruit humide de la baise associé à nos souffles courts résonna dans la pièce.

La sensation de sa queue glissant le long des endroits les plus intimes et les plus secrets me donna de plus en plus chaud. À chaque fois qu'il touchait le fond, il heurtait mon clitoris.

« Je vais jouir, » dis-je en enfonçant mes ongles dans l'arrondi de ses fesses, sentant ses muscles se raidir alors qu'il poursuivait.

« Jouis, ma chérie. Viens jouir autour de ma queue. »

Il ne ralentit pas, au contraire. Il me prit plus vite, plus fort. Ce n'était plus un accouplement délicat, une expression de nos relations maritales. Non, ce n'était plus qu'une envie incontrôlable. De la baise pure. Et je ne voulais pas autre chose.

Quand le plaisir fut trop fort, trop pour que je puisse le supporter, je lâchai prise. Je hurlai en me resserrant. J'haletai et enroulai mes jambes autour de la taille de Hank.

Il me baisait toujours, ses mouvements perdant leur rythme mesuré jusqu'à ce qu'il reste enfoui profondément. Et qu'il pousse un grognement. Je sentis la chaleur de son sperme m'envahir, sachant que c'est moi qui lui avais fait perdre le contrôle, que c'était mon corps qui lui avait arraché tant de plaisir.

Je souris, perdue dans tant de bonheur.

Quand il reprit son souffle, il se retira et une épaisse

salve de semence chaude s'échappa de moi. J'étais trop satisfaite pour avoir envie de bouger, mais une gentille tape sur ma chatte me fit ouvrir les yeux.

« À moi, mon amour. Regarde-toi, toute en sueur et heureuse. Bien baisée. J'aime voir ta chatte tout gonflée et rose avec toute cette semence qui s'en échappe. »

Charlie aimait bien les mots crus. Et moi aussi. D'une main autour de mes hanches, il me retourna sur le ventre avant de me faire relever les genoux.

Je le regardai par-dessus mon épaule. Son regard était tout droit dirigé vers mon cul et je savais qu'il pouvait tout voir. Il ne dit rien de plus, on aurait dit que le seul fait de me regarder l'avait déjà emmené aux portes du plaisir.

Il vint se placer derrière moi avant de m'agripper les hanches et de me remplir.

« Grace. Putain, tu es parfaite, » murmura-t-il.

Je rejetai la tête en arrière quand il me prit, cette position était différente et lui permettait d'aller si loin. Les parois de ma chatte frémirent autour de sa queue si avide.

La paume de sa main frappa mes fesses et j'haletai, la brûlure se muant rapidement en chaleur torride. « Tu es prête, mon amour ? C'est l'heure de me chevaucher. »

« Oui, » dis-je, avant de garder le silence pendant qu'il me prit fort. Profondément, me projetant en avant. Il me ramena sur ses cuisses pour que je m'y asseye et il saisit ma poitrine. Je ne pouvais que le laisser faire, m'utiliser pour notre plaisir à tous les deux.

Hank s'effondra sur le lit, la tête sur les coussins, une main en l'air qu'il posa sous sa tête pour nous regarder. Sa queue, bien qu'elle vienne juste de déverser sa semence était toujours raide.

Sa semence avait facilité l'entrée de Charlie, et il pouvait faire des va et vient facilement même si mon corps devait encore s'adapter à deux grosses queues d'affilée.

Sa main trouva mon clitoris, et se mit à jouer avec, l'enduisant de la semence qui glissait hors de moi.

J'étais tellement sensible, si préparée que je jouis encore. Et encore.

Charlie s'appuya sur moi pour me redresser les fesses, ma joue reposant ainsi sur la couverture douce pendant qu'il m'utilisait pour son propre plaisir, me remplissant enfin dans un dernier grognement avec sa poigne solide sur mes hanches.

Il se laissa tomber sur le lit à côté de moi, me prenant en sandwich avec Hank. Nous étions tous les trois épuisés. Je m'endormis avec leurs mains sur moi et la chaleur de leurs corps qui m'entourait.

Ils me réveillèrent au coucher du soleil pour me baiser à nouveau. Et encore quand la nuit fut tombée. Et au lever du soleil, quand je chevauchai la queue de Charlie à califourchon sur lui comme s'il était un étalon sauvage impossible à dompter, jusqu'à nous faire jouir tous les deux. Hank posa alors sa main dans mon dos et glissa son pouce dans mon cul pour que je les chevauche ainsi tous les deux.

« Bientôt, ma chérie, nous te prendrons tous les deux ensemble, » murmura-t-il, mais j'étais trop occupée à crier mon plaisir pour répondre.

Plutôt que de sombrer dans le sommeil une fois de plus, je restai allongée à écouter respirer Hank et Charlie, à sentir leurs mains posées sur moi et à regarder le soleil se lever sur le plafond alors que mes maris dormaient de part et d'autre de moi. J'étais irritée, mon corps avait été bien employé. J'avais leur sperme partout sur moi, ma peau trempée de sueur. J'avais connu le plaisir d'un heureux mariage. J'avais connu l'attention et la dévotion de deux hommes.

Mais tout s'arrêterait là, car je devais retrouver Barton Finch. Je devais protéger Bridgewater et ses habitants. J'avais eu la nuit que je désirais, des hommes que je n'aurais jamais imaginés. J'étais mariée.

Il était temps de m'en aller. Temps de protéger ceux que j'aimais... J'avais tout eu, si seulement il y a avait un moyen de les garder.

11

Hank

« Mais où est-elle ? » demandai-je en réalisant que j'étais seul au lit avec Charlie. Seulement Charlie. Et nous étions nus. Je m'en foutais qu'il voie mes couilles, ou qu'il me voit prendre du plaisir avec notre femme, mais cela n'irait pas plus loin. Même si nous dormions avec Grace, j'avais ma propre chambre.

Je sautai hors du lit, et ramassai mon pantalon sur le sol. Je ne m'embarrassai pas d'une chemise et ne fermai qu'un bouton pour qu'il ne tombe pas le long de mes jambes. Le soleil était levé, mais à en juger par son inclinaison, il était encore tôt.

Hank roula pour se redresser. « Putain, peut-être qu'elle prépare le petit déjeuner. »

« Nous ne savons même pas si elle sait cuisiner, » répliquai-je. « Je ne sens ni bacon, ni café. »

Mon estomac grommela à cette idée. La prendre encore et encore toute la nuit m'avait ouvert l'appétit. Et de repenser à ce que nous lui avions fait me donnait la trique.

« Peut-être qu'elle se baigne dans le torrent. À ce qu'elle a dit hier, elle n'a pas l'habitude d'utiliser une baignoire. Et nous l'avons quand même bien salie. »

Je souris en me remettant en place dans mon pantalon. « Combien de fois l'avons-nous prise hier ? »

Il s'assit pour attraper son pantalon. « J'ai perdu le compte. »

Ses cheveux roux étaient ébouriffés et je pouvais voir sur son dos la trace des griffes de Grace. Notre femme était un chat sauvage.

Je descendis et trouvai la cuisine vide. Le fourneau était froid. Regardant par la fenêtre de derrière, je ne la vis pas dans le torrent.

Je trouvai son petit mot sur la table de la cuisine. Je le lus encore et encore, essayant de comprendre ce qu'elle voulait dire.

Mon sourire s'effaça. Mon cœur s'emballa. Ma joie s'envola. Mon érection aussi.

La banque de Carver City. *Aujourd'hui midi.*
Je suis désolée.

« Putain ! » m'écriai-je.

« Quoi ? » demanda Charlie. Je tendis le bras et il lut la note à voix haute. « Je ne comprends pas. »

Je croisai les bras. « Elle est avec eux. » Ma voix était aussi atone qu'un violon désaccordé.

« Avec eux ? » Son regard hésitait entre soutenir le mien

et lire le mot qu'elle avait laissé. « Tu veux parler du clan Grove ? Personne n'a jamais parler d'une femme ? »

Je haussai les épaules en faisant les cent pas. « Elle ne s'habillait pas comme une femme avant hier soir. »

Il écarquilla les yeux avant de les plisser et de comprendre enfin. Au sein du groupe qui avait volé et tué, avait-on toujours pris Grace pour un homme ? »

« Elle aurait tiré sur deux de ses acolytes pour garder l'argent ? » Il passa la main dans ses cheveux en considérant cette éventualité. « Putain, elle en avait clairement après les hommes. Elle grognait et sifflait comme un chat sauvage avant que nous lui caressions la chatte. »

« Personne ne s'était aventuré aussi loin, » déclarai-je, en se souvenant de sa première réaction au bord du torrent.

« Alors, quoi ? Elle déteste assez les Grove pour leur tirer dessus ? »

« Elle ne les a pas tués, juste assez pour que nous puissions les arrêter, » rappelai-je. « Elle ne pensait pas que nous allions partir à sa recherche, elle pensait que nous allions les ramener en prison. »

« On l'a vraiment surprise près de cette cahutte. Mais nous lui avons offert le parfait scénario. » Son regard croisa le mien. J'ânonnai la vérité nue. « Épouser le putain de shérif. »

Elle était légalement mariée à Charlie, mais à Bridgewater, cela ne faisait aucune différence. Elle était aussi ma femme et je le lui avais prouvé la nuit dernière.

« Un bandit qui épouse un homme de loi. » Je secouai la tête, toujours stupéfait, toujours énervé. Trompé. Volé, mais pas d'argent. Pire. « J'ai prononcé mes vœux, je l'ai baisée. J'ai pris sa virginité, senti cette barrière se briser sous ma queue. Mon sperme est encore en elle, où qu'elle soit. »

« À Carver City, manifestement, » cria-t-il, en agitant le

papier dans les airs. « Elle va braquer cette putain de banque. »

« Pourquoi nous le dire, alors ? » demandai-je.

Il haussa les épaules. « Peu importe qu'elle se fasse arrêter ou pas. Tu es son mari. Ce n'est pas comme si tu allais la laisser se faire pendre. »

Je voulais que justice soit faite. Je n'avais vécu pour rien d'autre depuis la mort de mon père. Elle était avec eux. Elle faisait partie du gang qui l'avait descendu. Était-ce elle qui avait appuyé sur la détente ? Elle méritait d'être pendue. Putain ! Je n'en serais pas capable. Je ne pouvais laisser faire une chose pareille.

Je sortis en furie, faisant claquer la porte derrière moi et mis les mains sur mes hanches. Je contemplai la prairie à perte de vue, si paisible, rien à voir avec la tempête qui faisait rage en moi.

« Elle n'a pas seulement volé la banque, elle a volé mon rêve tout entier, » dit-il derrière moi. « Je voulais une femme, une famille et elle me l'a enlevé. Elle s'en est servie. Putain, elle est peut-être enceinte à l'heure qu'il est et que va-t-il se passer ? Elle va se balancer à côté de Marcus et Travis Grove. »

Je n'avais jamais pensé à un bébé. Après la nuit passée, c'était une possibilité. Putain, je me tournai vers lui. « Ça ne va pas se passer comme ça. »

« Quoi, tu veux la garder en vie si elle est enceinte, et l'envoyer se faire pendre si ce n'est pas le cas ? »

Je baissai la tête et regardai mes pieds. « Je ne sais pas. Putain, je n'en sais rien. La seule chose que nous savons à propos de Grace pour le moment est qu'elle veut que nous empêchions le braquage de la banque de Carver City. Alors, c'est ce que nous allons faire.

Et tout le reste, ce que nous avions partagé, ses réactions, ses suppliques pour que nous lui donnions plus de nos queues... tout n'était que mensonge. Sauf pour sa virginité. Elle n'avait pas simulé. Peut-être l'avait-elle gardée pour l'homme de sa vie. Un homme avec un badge pour lui sauver les miches et avec une grosse queue pour la faire crier.

GRACE

Partir en douce, en laissant Charlie et Hank avait été la tâche la plus difficile que j'aie jamais accomplie. La nuit dernière avait été parfaite. Ils avaient été sauvages et inépuisables, doux et aimants. Je m'étais sentie spéciale, devenue le centre de leur monde. Tout pour eux. Je leur avais tout donné en retour.

Et je leur en donnerais encore plus pour les garder en sécurité. Ils devaient me haïr. Ils avaient dû trouver le mot que je leur avais laissé, et comprendre qui j'étais. Peut-être pas mon nom, mais que je n'étais pas bien pour eux. Que j'étais impardonnable.

Je pouvais vivre avec ça. Cela ferait mal. Ce serait comme si on m'avait tiré dans la poitrine et que j'y aie survécu, tout en saignant légèrement. Mais ils seraient en sécurité. Indemnes. Je ne les verrais plus jamais, ni leurs amis de Bridgewater.

Barton Finch voulait que je l'aide à braquer une banque. C'est ce que je ferais. Cela ne signifiait pas que je l'aiderais à s'en sortir. Je voulais qu'il finisse derrière les barreaux comme mon père et Travis. Je voulais qu'ils passent devant le juge pour répondre de ses actes. Je voulais qu'il en paye le prix fort, qu'il se balance avec eux. Je ferai en sorte que cela arrive, même si cela devait causer ma perte. C'était le seul moyen de garantir la quiétude des habitants de Bridgewater, et qu'aucun autre innocent du Territoire ne soit blessé, volé ou terrorisé. Ou encore ne doive pleurer la mort d'un proche comme Hank avait dû le faire.

Barton Finch allait peut-être dévaliser une banque, mais il croupirait dans une putain de prison.

CHARLIE

J'AVAIS ÉTÉ UN IDIOT. J'étais tombé amoureux d'une femme au premier regard. Et une femme habillée en homme. Cela aurait dû me mettre la puce à l'oreille. Mais non. Ma queue la désirait. Ma tête aussi. Et mon cœur, putain, lui aussi. Et maintenant, il était brisé. Je me sentais comme une gamine, brisé par une femme. Une femme que je ne connaissais que depuis deux jours.

Putain.

Mais ce n'était pas une femme que j'avais pris pour la nuit, ni même pour une heure. Je n'étais pas puceau, pas plus que je n'avais eu les habitudes d'un moine. De l'Angleterre à l'Amérique en passant par Mohamir, j'avais connu mon lot de chattes. Grace était différente. Oh, elle avait la chatte la plus douce et la plus étroite. Mais ce n'était pas tout. Je la voulais pour tellement plus que du plaisir éphémère.

Je la voulais pour toujours. *Grace était à moi.*

Elle portait ma bague à son doigt. Celle de Hank aussi.

Et nous la traquions comme nous avions traqué le clan Grove l'autre jour. Parce qu'elle était une putain de hors-la-loi.

Et nous étions la loi.

Pourtant, c'était notre rôle, notre devoir de la protéger. C'était la manière de faire dans le Mohamir, nous devions chérir notre femme. La raison pour laquelle deux hommes prenaient une femme ensemble, était une façon d'anticiper qu'il puisse arriver quelque chose à l'un d'entre eux. La femme était le centre de la famille, son cœur. Sans personne pour la garder et la protéger, tout serait terminé.

Cela allait contre toute frange de mon honneur personnel de la traquer comme ça. Braquer une banque était dangereux. Elle pouvait finir blessée, mourir en commettant son forfait, surtout après la série de braquages. Les banquiers étaient sur leur garde à l'idée d'être les prochains. Ils seraient certainement armés et prêts.

Nous devions retrouver Grace avant qu'elle ne soit blessée. Je la protégerais, ensuite je découvrirais ce qui se passait. Elle n'avait pas besoin d'un nœud coulant autour du cou, elle avait besoin d'un petit tour sur mes genoux et d'une bonne fessée. Cela avait été magnifique de la voir se soumettre à nous, et elle recommencerait, sauf que cette fois-ci, nous connaîtrions enfin la vérité. Nous n'attendrions pas, nous ne penserions pas avoir le reste de notre vie pour la découvrir.

Nous lui avions demandé pourquoi elle avait tiré sur les Grove. Elle avait dit qu'elle passait par là et qu'elle ne voulait pas que nous soyons blessés. Mais d'où venait-elle et où allait-elle ? Pourquoi ne les avait-elle pas tués ? Elle aurait pu les achever d'un seul geste de son arme. Et pourquoi diable portait-elle un pantalon ?

Tant de questions en suspens. Nous aurions dû les lui poser, mais nous ne l'avions pas fait.

J'éperonnai mon cheval pour aller plus vite. Je devais le découvrir. Tout, et le plus vite possible.

GRACE

Je n'avais jamais braqué une banque avant. Même si j'avais habité avec mon père et mes frères depuis toujours, je ne savais pas comment faire. C'était pourquoi j'avais été surprise que Barton Finch veuille de ma présence. Son plan était d'entrer dans la banque, de prendre l'argent et de sortir. Prendre et partir. Il me voyait comme une femme soumise à sa volonté, croyait qu'il pouvait me faire chanter et faire de moi son nouvel associé. Je devais bien avouer qu'il en savait assez sur moi pour ça.

Parce que j'étais une Grove, il me considérait comme quelqu'un que je n'étais pas. Je n'étais pas impitoyable. Je n'étais pas mauvaise. J'avais peut-être un nom de famille infâme, mais ce n'était plus le cas. Dès l'instant où j'avais tiré sur mon père et Travis, j'avais coupé les ponts avec eux. J'étais prête à vivre ma vie. À survivre sans eux. En sachant qu'ils avaient été attrapés et qu'ils ne feraient plus de mal à personne ni ne sèmeraient la terreur dans le Territoire du Montana.

Mais ensuite mon cœur avait été pris dans un piège si bien dissimulé que je n'avais rien remarqué. L'amour m'avait pris par surprise et c'était quelque chose que Barton

Finch ne serait jamais en mesure de comprendre. Sa menace de tuer les habitants de Bridgewater, de faire du mal à Charlie et Hank, suffisait à guider mes pas et j'étais prête à me sacrifier pour cela.

Ce dont il n'avait pas idée, c'est que je voulais qu'il disparaisse, qu'il soit arrêté. Capturé. Pendu. Parce qu'il avait essayé de me violer, il avait certainement dû le faire à d'autres femmes par le passé et il recommencerait. Un homme comme lui ne changerait pas.

Je me sacrifierais pour mes maris et mes nouveaux amis, mais je l'entrainerais dans ma chute.

Et pour cela j'avais joué exactement le rôle dans lequel il m'imaginait : une faible femme écervelée.

Je m'étais rendue à la banque de Carver City et j'y avais exhibé mon pistolet en m'efforçant de prendre un air menaçant. J'avais remis pour cela les vêtements de Travis. J'avais même retrouvé le tissu dans lequel j'emballais mes seins. Enfin, j'avais caché mes cheveux coiffés en natte dans mon chapeau. Je n'avais pas vraiment l'air d'un homme mais je n'avais pas non plus l'air d'une demoiselle.

Heureusement, il n'y avait que le guichetier et le gérant dans le bâtiment quand nous y étions entrés. Carver City n'était pas aussi grand que son nom semblait indiquer. La plupart des gens vivaient de petits commerces ou n'avaient pas d'argent à mettre en banque. Ils le gardaient plutôt dans un pot de café ou sous leur matelas. Mais il y avait de riches fermiers dans les environs, ou ceux qui avaient besoin d'un prêt.

Barton Finch entra dans la banque empestant la pisse et le vinaigre, criant et agitant son arme pour répandre la peur. Je ne pointai la mienne sur personne, mais vers le plafond. Pour Barton, occupé à surveiller l'argent que le guichetier fourrait dans un sac, je remplissais ma mission. Il m'avait dit que j'étais supposée abattre toute personne qui voudrait entrer ou aurait le malheur de respirer bizarrement. Il était la seule personne sur laquelle je voulais tirer et jusqu'à ce qu'il braque son arme sur le visage du guichetier, il n'avait commis aucune infraction aux yeux de la loi.

Personne ne savait qui il était ou qu'il avait fait partie du clan Grove. Un troisième homme était recherché mais sans qu'on connaisse son nom. Si je l'avais tué de sang-froid, j'aurais eu le sentiment d'avoir rendu justice. Mais j'aurais été coupable. Une meurtrière. Je devais faire en sorte qu'il soit pris la main dans le sac. Et c'est pour cela que je devais me trouver dans la banque et la dévaliser avec lui.

Un coup de feu retentit. Je sursautai, tirée de ma rêverie.

« J'ai dit, pas d'armes ! » cria Barton Finch en attrapant l'arme que le guichetier avait sorti de sous le comptoir. « Recommence et c'est ta tête que je viserai. »

Le guichetier avait pâli et continuait de fourrer l'argent dans le sac en tremblant de tous ses membres.

Dieu merci, il n'avait pas été tué.

Le sac n'avait pas encore été rempli et rendu à Barton que les portes s'ouvrirent dans un grand fracas.

Hank et Charlie se précipitèrent à l'intérieur, armes à la main, le regard aiguisé. Je soupirai intérieurement et essayai de ne pas sourire en les voyant. Mon cœur se serra en pensant qu'ils avaient trouvé mon message. Mais je ne vis que de la froideur quand ils posèrent les yeux sur moi. De la haine. Mon plan fonctionnait, mais même si je savais qu'ils me détesteraient, cela était toujours douloureux.

Barton Finch se retourna et pointa son arme sur les deux hommes.

« N'y pense même pas. Lâche ton arme, » ordonna Hank. Je ne l'avais jamais vu comme ça. Concentré et intense comme toujours mais la colère l'animait. Il était séduisant et viril, impitoyable et je l'aimai de risquer sa vie pour des enfoirés comme Barton Finch.

« Descends-le, Grace, » lança Barton.

Hank garda les yeux sur Barton Finch, mais Charlie me regarda.

« Quoi ? » demandai-je en commençant à trembler ? « Je... je ne peux pas. »

« Quoi ? Parce que c'est ton mari ? » railla Barton Finch. « Je t'en prie, tu es une Grove. Descends cet enfoiré. »

Les yeux de Charlie s'ouvrirent en grand et je vis les épaules de Hank se raidir.

Barton Finch observa aussi leurs réactions parce qu'il se mit à rire. « Vous ne le saviez pas shérif ? Vous ne saviez pas que votre propre femme est un bandit ? Vous avez peut-être capturé deux membres du clan Grove, mais il vous en manquait un. Putain, alors que vous avez passé la nuit entre ses cuisses. »

« Tu es Grace Grove ? » demanda Charlie.

Je ravalai mes larmes qui menaçaient de couler. Ce n'était pas le moment de s'énerver. Je devais suivre mon plan. Je devais aller jusqu'au bout, quel qu'en soit le coût.

« Tu as participé à toutes les attaques ? » demanda-t-il ensuite ?

« Je... je... » bafouillai-je avant de baisser mon arme.

« Elle ? Participé aux attaques ? » ricana Barton Finch.

Je souris intérieurement. Il avait fait exactement ce que je pensais. Il ne laisserait aucune femme prendre ses exploits à son compte.

« Regardez-la, elle est trop nerveuse pour ne serait-ce que tenir une arme. Mais pas moi, » ajouta-t-il en armant la sienne.

« Non ! criai-je en levant mon pistolet que je pointai vers Charlie et Hank.

Pendant tout ça, Hank était resté silencieux. Les yeux étaient rivés sur moi et la mâchoire serrée.

« Descends-les Grace. Je veux te voir tuer ton propre mari. »

Je déglutis, pointai mon arme sur Hank. Je le regardai dans les yeux. Avant de faire feu.

12

Hank

Merde. Putain de merde, elle avait tiré sur moi. Je ne pensais pas qu'elle le ferait, et pourtant, elle était impitoyable. Comment elle s'était jouée de nous tout du long. J'avais épousé une imposteuse. Elle était encore pire que son père et que son frère. Eux n'avaient pas caché leurs agissements ou même leur nature obscure. Ils portaient le mal comme un manteau et cela rendait la duplicité de Grace encore plus abjecte.

Mais ensuite, je réalisai... qu'elle m'avait manqué.

Manqué ?

« Il est à cinq mètres de toi ! Comment as-tu pu le rater ? » lui cria l'enfoiré.

Il avait la trentaine, avec des cheveux sales et des vêtements déchirés. On aurait dit qu'il ne s'était pas lavé depuis des mois. Mais cela importait peu, seul comptait la lueur malsaine dans son regard.

Il était mauvais jusque dans ses os.

Quand je regardai Grace, je ne vis en elle aucune brutalité. Ce n'était pas quelque chose d'aisé à simuler. Mais que se passait-il ? Il était manifeste que cet enfoiré cambriolait la banque. Et manifeste que Grace l'aidait dans sa tâche. Mais elle ne semblait pas faire équipe *avec* lui.

Si elle était réellement Grace Grove, alors elle avait pris la place de son père et de son frère dans la bande. Mais pourquoi ? L'argent ? Pourquoi leur avoir tiré dessus l'autre jour ?

Elle avait tout avec nous. Deux hommes pour l'aimer. Oui, l'aimer. Une maison, des amis à Bridgewater. Et même une putain de baignoire en cuivre.

Pourquoi avait-elle tout plaqué pour lui ? Et pourquoi nous avoir laissé un message pour nous donner rendez-vous ici ?

Si elle voulait viser une cible du clan Grove, cela n'avait aucun sens d'en révéler la localisation au shérif, pas plus que l'heure exacte.

Mais la réponse me vint en un éclair. Une seule balle.

Elle ne m'avait pas visé.

« Je te l'ai dit plus tôt, je vise très mal, » dit-elle à l'enfoiré d'un ton suppliant. Et qui était-il ?

Viser très mal ? Grace ?

« Tu es une salope bonne à rien. Bonne qu'à écarter les cuisses. Mais tu es arrogante et frigide. Inutile. » Il cracha une chique de tabac sur le parquet de la banque.

Grace ne représentait plus un danger pour nous. Elle ne nous ferait pas de mal. L'enfoiré qui disait tant de mal sur elle devenait ma priorité.

« C'est de ma femme que tu parles, » grognai-je.

Il releva la tête en riant. « Ça doit te faire bisquer d'avoir une épousé une Grove. De l'avoir baisée. J'ai l'argent, il est temps de partir, » dit-il en agitant son arme tout en tenant la sacoche bourrée de billets de l'autre.

Je savais que cela arriverait. Il ne nous laisserait pas quitter la banque en vie.

« Grace n'est manifestement pas douée avec une arme. Ce sera toi ou moi, shérif. Et je crains que ce ne soit toi, aujourd'hui. »

Un coup de feu retentit. Et c'était encore Grace. Elle avait agi aussi vite que l'éclair alors que l'attention de l'enfoiré était focalisée sur Charlie et moi. Son arme roula sur le sol vu qu'elle l'avait visée à la main.

Il hurla en serrant sa main blessée. Du sang goutta sur le sol. « Salope. Tu m'as tiré dessus. »

Grace s'avança vers lui. Doucement. Sa fausse peur s'était envolée. « La seule personne à mourir aujourd'hui, c'est toi Barton Finch. »

« Tu m'as roulé, grogna-t-il. De la sueur perlait de son front, sa peau blanchie par la douleur.

« Je ne suis qu'une salope inutile, tu te souviens ? Comment pourrais-je faire une chose pareille ? »

« Tu vas croupir en prison. Tu seras pendue ! Ton propre mari te mettra la corde au cou, » cria l'enfoiré qu'elle venait d'appeler Finch.

Grace sourit froidement. « Peut-être, mais je mourrai en te sachant en enfer et que les hommes que j'aime sont en sécurité. Comme me l'ont appris mon père et Travis, personne ne s'en prend à ma famille. »

Sa voix était posée, égale. Froide. Je connaissais ce regard, le sentiment qui devait la traverser. Justice. Vengeance.

Avait-il elle parlé d'amour ?

« Tu as tiré sur ton père et ton frère ? Ils sont ta famille, putain ! » cria-t-il, en grimaçant de douleur.

« Non. Pas une famille. Ils s'en foutent de moi. Ils m'ont fait faire la cuisine, nettoyer. Ils m'ont frappée. Et ils m'ont vendue en guise de paiement, à toi. »

Putain. Je vis rouge. Si je n'avais pas porté mon insigne de shérif, et que nous n'ayons pas eu de témoins dans la banque, je lui aurais tiré une balle en pleine tête avant de le donner en pâture aux vautours. Il ne méritait pas de tombe.

Finch souriait. « Aucun homme ne bande pour une chose en pantalon. Je doute même que tu aies une chatte. »

Grace leva son arme et la pointa sur la tête de Finch, prête à faire exactement ce qu'il voulait.

« Grace, non, » dis-je en m'approchant.

« Il mérite la mort, » répliqua-t-elle sans détourner les yeux.

« En effet, et cela va arriver. Mais pas par ta main. »

Elle n'avait pas besoin de ça. Je savais le poids d'une vie sur la conscience, même celle d'un rebut de l'humanité comme Finch. Cela ne s'effacerait pas. Jamais.

« Tout comme ton père et ton frère. Tu leur as tiré dessus à cause de ce qu'ils t'ont fait, de ce qu'ils s'apprêtaient à nous faire, mais tu ne les as pas tués. »

« Ils seront pendus ? » demanda-t-elle.

« Sans l'ombre d'un doute. »

« Et lui ? » Elle ne baissa pas son arme, toujours déterminée à l'achever. Je me moquais que Finch meure, mais je me souciais de l'impact que cela pourrait avoir sur Grace.

« Absolument. »

« Et moi ? » demanda-t-elle.

Je la regardai, à nouveau vêtue de ce foutu pantalon et sa chemise trop grande. Aucune trace de ses courbes et cela signifiait qu'elle avait remis ce bandeau de tissu sur sa poitrine délicieuse. Son chapeau descendait bas sur son visage mais je me demandais encore comment j'avais pu la prendre pour un homme.

Je connaissais la sensation de ses lèvres sur les miennes, celle de son pouls battant contre ma joue. Je connaissais la douceur de ses seins, celle de ses petits tétons roses entre mes lèvres. Le parfum de sa chatte, comment elle se resserrait autour de ma queue.

Son expression quand elle jouissait. Je savais tout sur elle.

Et pourtant, je ne savais absolument rien d'elle.

« Tu paieras pour ce que tu as fait. »

———

GRACE

Je m'attendais à être ramenée à Simms et enfermée avec mon père, Travis et Barton Finch. D'être emprisonnée en attendant le juge qui me condamnerait à la corde. Leur compagnie jusqu'à ce moment-là serait pire que la mort. Celle-ci serait, je l'espérais, rapide.

Si Charlie et Hank m'avait vue sur la falaise, mon père et Travis m'avait certainement vue aussi, même aveuglés par la douleur. Ils savaient que c'était moi qui leur avais tiré dessus. Qui les avait fait arrêter et mis dans cette situation.

Barton Finch savait que je m'étais jouée de lui.

Leurs nuques allaient se briser à cause de moi et je n'étais pas sûre de survivre à mon séjour en cellule en leur compagnie.

Barton Finch était menotté sur un cheval, Hank tenait les rênes et son arme braquée sur lui. J'avais chevauché sur les genoux de Charlie, son bras autour de ma taille. Plus nous avancions, plus je m'inquiétais. De la sueur perlait entre mes seins. Mon cœur battait à tout rompre et j'avais du mal à reprendre mon souffle.

« Charlie, je suis désolée, » dis-je pour la cinquantième fois. Je connaissais la suite. Je l'avais toujours connue, et acceptée. Avec Barton Finch qui se balançait sur un cheval tout en jurant contre Hank, je savais que mon plan avait marché. Charlie et Hank était en sécurité. Tout comme les habitants de Bridgewater. Et pourtant, j'avais peur.

Il n'avait pas répondu cette fois-ci, pas plus que les autres fois d'ailleurs. Son sourire avait disparu, tout comme son bon caractère. Sa gentillesse.

Hank poussa Barton dans la cellule.

Charlie ne bougea pas. Il ne me força pas à le suivre.

« Charlie—»

« Pas maintenant, Grace. »

Ses mots étaient froids et lisses, comme de la glace sur une mare en hiver. Sans mot doux pour les ponctuer.

Cinq minutes plus tard, Hank revint, monta sur son cheval et quitta la ville. Il se dirigeait vers le nord, je compris instantanément que nous allions à Bridgewater.

« Je ne comprends pas, » dis-je, en regardant Hank et Charlie tour à tour. Lui se contenta de fixer l'horizon avec la mâchoire serrée.

Ils n'arrêtèrent leurs montures que devant leur maison, un endroit que je ne pensais jamais revoir. Hank mit pied à terre et m'aida à descendre. Charlie suivit.

Au lieu de rentrer, Hank s'assit sur les marches qui menaient au porche et me tira vers lui pour que je sois debout entre ses genoux. Charlie s'assit à côté de lui et je me retrouvai face à face à tous les deux. Un regard sombre et un regard vert qui me fixaient comme s'ils pouvaient sonder mon âme.

Et je crus qu'ils y allaient y parvenir, mais les paroles que Charlie prononça ensuite révélèrent qu'ils ne savaient tien.

« Nous sommes à la maison. C'est le moment de parler, » dit-il en s'approchant pour me retirer mon chapeau, comme il l'avait fait au bord du torrent où je les avais rencontrés pour la première fois.

Ma natte me tomba dans le dos.

Hank hocha la tête en guise d'approbation. « C'est le moment de faire les présentations. »

Je déglutis en léchant mes lèvres sèches. Je n'étais vraiment partie que la matin-même ?

« Je... je suis Grace Grove. » soupirai-je, soulagée de l'avouer enfin. De leur dire toute la vérité. « Le nom que j'ai utilisé hier, Churchill, est le nom de jeune fille de ma mère. »

« Tu as tiré sur ton père et ton frère, » dit Charlie.

J'acquiesçai, tout en laissant mon pouce jouer avec le tissu de mon pantalon. « Oui. »

« As-tu tiré sur mon père ? » demanda Hank.

Mon visage pâlit et de petits points clignotèrent devant mes yeux. « Seigneur, non. C'était mon père. Il a bu jusqu'à plus soif tellement il était content de lui. »

« Pourquoi ? » demanda Hank. « Pourquoi avoir tiré sur ta famille ? »

Je soupirai en le regardant dans les yeux. Finies les rides rieuses au coin de ses yeux. Finie la douceur que je lui avais connue quand nous étions au lit tous les deux. Il avait endossé sa personnalité de shérif en même temps que son costume.

Je n'avais pas besoin de voir son étoile scintillante en cet instant pour savoir que je m'adressais au shérif.

« Comme je te l'ai dit, ils allaient vous abattre. Je ne pouvais pas le laisser faire.

« Et ? »

« Et parce que je les déteste et qu'ils méritaient d'aller en prison. »

« Ils t'ont battue, » dit Charlie, en se souvenant de ce que j'avais dit à la banque. Je notai qu'il avait serré les poings. « Mon père me battait quand il était ivre. Quand il était en colère. »

« Et Travis ? »

Je secouai la tête. « Non, mais il... » Je fixai un petit tas de poussière à mes pieds.

« Quoi, il ? »

« Il n'avait pas besoin de ses poings pour me faire du mal. Notre frère aîné, Tom, n'était pas aussi mauvais. Il m'a protégée d'eux. Mais quand il s'est fait tuer, tout a empiré, et l'autre jour—»

Je me mordis la lèvre et détournai les yeux. Je ne pouvais pas les regarder en face, voir la pitié dans leurs yeux, ou la haine.

« L'autre jour ? » relança Charlie.

« Mon père avait l'argent de la banque de Travis Point. C'était le coup avant Simms. Il a presque tout dépensé au saloon. Au poker. Pour des femmes. Quand Barton Finch a appris qu'il s'était offert des putains avec son argent—»

Hank grogna.

« Ses mots, pas les miens, » clarifiai-je, en posant une main sur ma poitrine. « Quand il a tout découvert, il a dit à mon père qu'il devrait payer. Alors, il m'a donnée à Barton Finch en guise de paiement. »

Les deux hommes se figèrent et je retrouvai le courage de les regarder. Je doutais même qu'ils respirent.

« Donnée ? » murmura finalement Hank.

« Pour en faire ce que bon lui semblait, mais ensuite, il a commencé à me peloter, à se préparer à me violer. » Je frissonnai malgré le franc soleil. « Je n'avais aucune intention de le laisser faire. Alors... je lui ai mis un coup de genou dans les couilles et je me suis enfuie. C'est pour ça que Barton Finch n'a pas participé au braquage de la banque de Simms. Il avait... d'autres projets avec moi. Je serrai mes doigts en leur parlant. « Je savais que mon père et Travis allait dévaliser la banque, et je savais où les trouver. Je suis arrivée et vous connaissez la suite. »

Hank s'éclaircit la voix.

« Combien de banques as-tu braqué avec eux ? »

J'ouvris grand la bouche au risque d'y laisser rentrer quelques mouches. « Aucune ! » j'avais pratiquement crié. « Je jure que je n'ai jamais rien fait avec eux. Ils ne m'auraient pas laissée vu que je n'étais qu'une femme inutile. Et ce n'est pas comme si j'en avais eu l'intention. »

« Et cet enfoiré de Finch ? » mordit Hank.

« Ils étaient toujours trois. Tous ensemble. Sauf pour la banque de Simms. »

« Et pourquoi l'as-tu rejoint aujourd'hui ? Pourquoi braquer une banque avec un homme qui avait l'intention de te violer ? Pour l'argent ? »

Je secouai la tête. Encore et encore. « Il m'a menacée quand nous étions en ville avec Emma et Ann, à la boutique. Menacé —» Je me mordis encore la lèvre.

Hank approcha et me prit le menton pour me tourner la tête vers lui. « Menacé qui ? »

« Vous. » Des larmes montèrent dans mes yeux. Des larmes que je n'avais pas versées depuis des années. Mon cœur s'était endurci. À l'image de ma vie et je me sentais vidée. Exsangue. Mais maintenant, avec ses deux hommes, ma vie avait repris *tout* son sens.

« Il a fait des menaces pour que tu le rejoignes, seule, pour braquer une banque ? Pour quoi ? Pour me tuer ? » asséna Hank en jetant son chapeau sur les marches à ses pieds avant de passer sa main dans ses cheveux.

« Il vous a menacés tous les deux. Et je ne pouvais pas le laisser vous faire du mal à cause de moi. Vous comprenez ? Je suis une Grove. Je suis... mauvaise. »

« Et tu nous as épousés pour recevoir notre protection. Manifestement, nous ne t'avons pas jetée en prison avec les autres, » dit Hank. Son calme s'était effrité jusqu'à laisser place à la colère.

« Je t'ai épousée parce que je te voulais. Et je te veux encore, je vous veux encore. » Mes mots ne pouvaient exprimer ce que je ressentais.

Charlie leva une main. « Tu nous as épousés après qu'il t'ait menacée. La parfaite protection. »

Je secouai la tête. « Je voulais une vraie famille. Une vraie vie. Je savais qu'il me faudrait partir. Aller avec lui, sinon, il serait venu à Bridgewater. Et il vous aurait tués, vous et les autres. Tout le monde serait sain et sauf si je faisais ce qu'il voulait. Alors j'ai eu le mariage dont j'avais toujours rêvé, une nuit de noces inimaginable. Deux hommes incroyables voulant de moi. Et ensuite, je suis partie. »

Ils ne dirent rien, mais Hank écarquilla les yeux, son regard avait changé. « Oh merde. »

Une main jaillit, m'attrapa par la taille et m'attira contre lui. Je sentis toute sa rudesse, sa chaleur. Je respirai son odeur masculine.

« Tu t'es sacrifiée. Tu t'attendais à aller en prison. À être pendue avec eux. »

Je détournai les yeux, mais la main de Hank me remit face à lui. « Je suis une Grove. »

Et sur ses mots qui semblaient répondre à tout ce qui venait d'arriver, il se pencha en avant et me jeta sur son épaule pour me porter comme un sac à patates.

Il tourna les talons et me porta ainsi à l'intérieur, en haut des marches, dans sa chambre.

13

Hank

La vérité m'avait frappée comme un coup de tonnerre. Soudaine, sévère et poignante.

Elle se tenait devant moi et je saisis les deux pans de sa chemise que j'arrachais pour l'ouvrir. Peu importe, elle ne la porterait jamais plus.

Je regardai Charlie, qui, à en juger par son expression, en était arrivé à la même conclusion que moi. Il se tenait derrière elle et s'approcha pour dégrafer son pantalon. Il se mit à genoux et le lui retira ainsi que ses bottes en un clin d'œil.

Je grognai à la vision de ce ruban de tissu autour de ses seins. J'en trouvai le petit nœud que je défis avant de la faire tourner sur elle-même. Charlie se leva pour lui laisser la place.

« Non seulement tu nous a renseignés sur les lieux et

heure du braquage, mais en plus, tu as joué la comédie pour que Finch se fasse attraper. »

« Et tout du long, tu as pensé que tu atterrirais en prison, toi aussi. »

« J'ai braqué une banque ! » dit-elle arrivée au bout de la bande de tissu, qui finit en boule sur le sol, comme un serpent. Je la brûlerais pour qu'elle ne soit pas tentée de la remettre.

« Tu portes des foutus vêtements d'homme ! » assénai-je. « Je devrais te fesser pour cela. »

Elle écarquilla les yeux comme des soucoupes. « Tu veux me fesser parce que je porte des vêtements d'homme alors que je viens de braquer une banque ? »

Je souris alors. « Voilà la Grace que je connais. »

Passant une main derrière sa tête, je l'attirai contre moi pour l'embrasser. Férocement. Mon dieu, son goût m'avait manqué, sa chaleur, la douceur de ses lèvres. L'agressivité de sa langue s'unissant à la mienne.

Je la laissai enfin respirer. « Je ne comprends pas, » murmura-t-elle, ses lèvres brillant maintenant d'un rose éclatant. Tout le reste de son corps n'était que peau claire, courbes lascives et autres parties rosées. Des parties que ma bouche rêvait de goûter. Ma queue palpita à l'envie de la baiser.

Charlie commença à retirer ses vêtements. « Tu n'es pas Grace Grove. Tu es Grace Pine. Ma femme. »

« Et la mienne, » ajoutai-je.

« Nous n'allons pas te fesser. Nous allons te baiser, » dit-il.

Elle essaya de reculer mais je n'allais pas la laisser. Plus jamais.

« Pourquoi ? »

« Parce que tu as la chatte la plus douce qui soit. Je veux

que tu saches à quel point nous *te* désirons. Tu es le centre de notre monde, Grace. Nous allons te baiser ensemble, te prouver que c'est toi qui fais de nous une même famille. Qui nous unis, » dit Charlie avec honnêteté. Ferveur. Maintenant qu'il était nu, il vint se placer contre elle, dans son dos et l'embrassa sur l'épaule. « Parce que tu as dit à Finch que tu protégeais les hommes que tu aimes, mon amour. »

« Tu n'as jamais rien fait de mal, ma chérie, » dis-je. « Tu aurais dû nous le dire depuis le début. C'est notre rôle de régler tes problèmes. Nous sommes de grands garçons ; nous pouvons tout gérer. »

Des larmes coulèrent sur ses joues et je les essuyai avec mes pouces.

« J'étais obnubilé par la justice. J'ai compris. Et toi, » dis-je. « Nous ne te laisserons plus partir, même si je dois te menotter au lit »

Charlie leva la tête et grogna. « En voilà une bonne idée. »

Cela la fit rire et Charlie sourit. Pour la première fois de la journée.

« Tu es prête à nous appartenir Grace Pine ? Complètement et sans secrets ? » demandai-je.

Nous nous étions mariés hier, elle avait prononcé ses vœux. Mais maintenant, enfin, nous connaissions la vérité. Sa réponse venait de sceller son destin.

« Oui, putain oui, » murmura-t-elle.

Ah, son vocabulaire si féminin. J'étais heureux pour la première fois depuis... toujours. Mon père aurait adoré Grace. Tant de passion, d'insolence et de dévotion. Peut-être que c'est lui nous l'avait envoyée. J'avais traqué ses assassins et trouvé une femme. La mère de nos futurs enfants.

Le centre de notre monde à nous.

CHARLIE

Je tournai Grace pour l'embrasser. Mes mains virent se promener sur elle, sur ses seins et sa taille, ses fesses et ses hanches avant de se poser sur sa chatte.

Trempée comme je m'y attendais. Elle pouvait essayer de se cacher, avec ses émotions, mais son corps ne saurait mentir. Elle nous désirait. Elle avait besoin de nous. Et nous allions exaucer tous les désirs de son cœur.

Cela prendrait une vie d'efforts pour compenser ce que Grace avait fait pour nous. Elle avait été prête à mourir. Elle avait rejoint un homme qui avait failli la violer pour nous protéger.

Oui, c'était absolument insensé. Nous étions des hommes. Costauds qui plus est. Merde, j'avais appartenu à l'armée britannique. Je pouvais protéger Grace de cet enfoiré. Mais elle tenait trop à nous pour que nous courions le moindre risque.

Et j'allais passer le reste de ma vie à lui montrer à quel point nous tenions à elle.

Et j'allais commencer dès maintenant.

Je glissai mes doigts en elle et l'emmenai dans un rapide et impitoyable orgasme. Je n'avais pas l'intention de la faire languir et je la regardai succomber au plaisir. Non, je voulais qu'elle succombe comme en sautant d'une falaise. Pas d'échappatoire, rien que la chute. Excepté que nous serions là pour la rattraper. À chaque fois qu'elle tomberait, nous serions là pour elle.

Elle apprendrait, par tous les moyens nécessaires, que c'était vrai. Quand elle cria de plaisir, quand ses muscles se relâchèrent, que ses os fondirent sous l'intensité de sa libération, je me lovai contre elle sur le lit. Grimpant par-dessus ses courbes, je l'embrassai avant de descendre le long de son corps jusqu'à me retrouver entre ses cuisses. Relevant ses jambes par-dessus mes épaules, je la léchai jusqu'à la faire jouir à nouveau.

Elle était devenue une épouse en sueur qui suppliait ses maris de l'honorer.

Hank s'était déshabillé et laissé tomber sur le lit à côté d'elle. Je m'effaçai pour qu'il l'installe sur ses genoux. « C'est le moment, ma chérie. »

« Redresse-toi. » Avec les mains sur ses hanches, il la souleva avant de la laisser retomber. Je regardai sa queue disparaitre en elle, voyant la manière dont son corps l'avalait. Ses petits halètements alors qu'elle remuait des hanches pour lui frayer un passage.

Je trouvai le lubrifiant que Kane m'avait donné avant notre mariage, l'huile épaisse enduirait ma queue et me permettrait de glisser dans son petit cul encore indompté.

Je la regardai chevaucher la queue de Hank, en faisant de petits mouvements circulaires, en apprenant à trouver son plaisir dans cette position. Je ne pouvais plus attendre et je les rejoignis. Avec les jambes de Hank déjà écartées, je m'installai juste derrière notre épouse, laissant glisser ma queue contre le sillon de ses fesses, passant gentiment sur le petit trou que je remplirai bientôt.

Elle était à nous de toutes les manières possibles. Notre femme.

———

GRACE

. . .

J'avais eu tort. Vraiment tort. Ils n'avaient eu aucunement l'intention de m'envoyer en prison, mais au septième ciel. Charlie m'avait déjà fait jouir deux fois et j'en approchai encore en chevauchant la grosse queue de Hank. Je n'avais eu aucune idée qu'il était possible de baiser ainsi et c'était incroyable. J'adorais la profondeur donnée à la pénétration et le contrôle que cela me laissait, mais cette pensée s'effaça en un instant comme de la craie sur un tableau noir.

La queue de Charlie appuyait contre l'entrée de mon cul. Je me figeai et regardai par-dessus mon épaule.

« Respire fort, mon amour. Je vais te prendre par là. Ce petit trou avec lequel nous avons déjà joué va s'ouvrir pour ma queue. »

Il s'appuya contre moi alors que Hank restait tranquille. Ses mains, qui étaient sur mes hanches glissèrent le long de mon ventre, puis plus haut pour prendre mes seins.

« Viens m'embrasser, » murmura-t-il et je me penchai en avant.

Nos langues s'emmêlèrent et Charlie continua ses petits mouvements jusqu'à appuyer un peu plus fort. J'haletai en m'ouvrant d'un seul coup pour lui, sentant le gland large de sa queue. « Charlie ! » criai-je.

Sa main se posa sur mon épaule et j'entendis son souffle court. « Bon sang, mon amour. Tu es tellement étroite. »

« Je ne tiendrai pas longtemps, » avertit Hank. De la sueur perlait sur son front et il semblait épuisé, comme si se retenir était la pire des tortures.

J'haletai toujours alors que Charlie poursuivait son chemin dans mon cul, de petits va et vient rendus possibles par quelque chose de glissant.

« Là, » souffla-t-il.

« Je suis tellement... oh mon dieu... tellement remplie. »

C'était le cas. Avec mes deux hommes.

« C'est exact, mon amour. Tu es remplie par nous. Par nos deux grosses queues. Nous t'appartenons en entier. »

« Y compris nos cœurs, » ajouta Hank. « Maintenant, bouge. »

Charlie rit dans mon dos et entreprit de se retirer. Hank lança son bassin vers le haut.

Le souffle coupé, je m'accrochai aux épaules de Hank comme si cela allait m'empêcher de tomber on ne sait où. J'étais épinglée entre eux deux, les prenant tous les deux, les sentant en moi. Ils me donnaient tout.

Ils alternèrent leurs mouvements pour me baiser comme ça. Dehors. Dedans. Doucement. Jusqu'à ce que je ne puisse plus le supporter. Ils me dominaient, de toutes les manières.

« Charlie ! » criai-je. « Hank ! »

Je jouis alors, me resserrant sur leurs queues, pour les garder en moi ou encore les prendre plus profond.

Ils me donnaient tout et je le prenais volontiers. Et je me donnais à eux en retour.

Nous n'étions plus qu'un. Je les sentis jouir, les chaudes salves de leur semence jaillissant en moi.

Charlie se retira prudemment, puis Hank et je me retrouvai coincée entre eux. Leurs mains continuaient de se promener sur mon corps, leurs lèvres embrassaient ma peau transie.

« Tu es notre prisonnière, mon amour, » murmura Charlie alors que je sentis le sommeil m'envahir.

« C'est exacte, ma chérie. Ta sentence est la perpétuité. »

Tout ce que j'aurais pu souhaiter.

OBTENEZ UN LIVRE GRATUIT !

Abonnez-vous à ma liste de diffusion pour être le premier à connaître les nouveautés, les livres gratuits, les promotions et autres informations de l'auteur.

livresromance.com

CONTACTER VANESSA VALE

Vous pouvez contacter Vanessa Vale via son site internet, sa page Facebook, son compte Instagram, et son profil Goodreads via les liens suivants :

Abonnez-vous à ma liste de lecteurs VIP français ici :
livresromance.com
Web :
https://vanessavaleauthor.com
Facebook :
https://www.facebook.com/vanessavaleauthor/
Instagram :
https://instagram.com/vanessa_vale_author
Goodreads :
https://www.goodreads.com/author/show/9835889.Vanessa_Vale

À PROPOS DE L'AUTEUR

Vanessa Vale vit aux États-Unis et elle est l'auteur de plus de 60 best-sellers romantiques et sexy, dont notamment sa populaire série de romans historiques Bridgewater et ses romances contemporaines érotiques mettant en vedette de mauvais garçons qui n'ont pas peur de dévoiler leurs sentiments. Quand elle n'écrit pas, Vanessa savoure la folie que constitue le fait d'élever deux garçons, tout en essayant de chercher à savoir combien de repas elle peut préparer avec une cocotte-minute et donne des cours de karaté. Même si elle n'est pas aussi experte en réseaux sociaux que ses enfants, elle aime interagir avec les lecteurs.

Elle est présente sur Facebook et Instagram.
Rejoignez la liste de diffusion de Vanessa !

www.ingramcontent.com/pod-product-compliance
Lightning Source LLC
LaVergne TN
LVHW011837060526
838200LV00053B/4066